Tony Schumacher
Nanetta
Romantische Geschichten

Tony Schumacher

Nanetta

Romantische Geschichten

Quell

ISBN 3-7918-2235-7

© Quell Verlag, Stuttgart 1996
Printed in Germany · Alle Rechte vorbehalten
1. Auflage 1996
Umschlaggestaltung: Otfried Kegel
Umschlagbild: Ferdinand Waldmüller,
Am Fronleichnamsmorgen
© Archiv für Kunst und Geschichte, Berlin
Gesamtherstellung: Maisch & Queck, Gerlingen

Inhalt

- 7 Nanetta
- 37 Der weiße Schrank
- 49 Madame Bavarias Christabend
- 70 Röbeli
- 86 Sonntag am Fenster
- 104 Clarisse, die kleine Vicomtesse

- 127 Quellen

- 128 Die Autorin

Nanetta
Eine Geschichte aus dem Leben

Es regnete, regnete, regnete!

Wir waren in einer kleinen Sommerfrische, nahe beim Wald und sahen von unsern Fenstern aus in das Dickicht der Tannen. Aber, statt daß wie sonst würziger, sonnendurchglühter Duft aus ihnen aufgestiegen wäre, entquollen der Moosdecke feuchte Nebel und Dämpfe. Auf unsern Bänkchen saßen rotbraune Schnecken, und traurig sahen wir Tag um Tag von den Fenstern aus hinüber und dann wieder nach dem wolkenschweren Himmel, ob denn nicht endlich wieder einmal die Sonne durchdringen und all das Nasse trocknen würde.

In der Pension selber waren nette, liebe Menschen. Wir Alten wußten uns eher zu trösten, saßen zusammen, lasen, schrieben und arbeiteten. Aber die Kinder im Haus, die waren entweder wie gefangene Vöglein, kauerten, mühsam zurückgehalten, hinter Halma und Geduldspielen, oder wenn man sie mit Kapuzen, Mänteln und Regenschirm hinausließ, so kamen sie bald wieder heim, triefend und voll Schmutz. Es war kein Vergnügen! Und zum Kummer der Pensionsmutter packte eine Familie nach der anderen ihre Koffer. Die leeren Zimmer bedrückten nicht nur die Pensionsmutter, sondern auch uns Zurückbleibende.

Da, eines Morgens, hörten wir draußen im Gang fremd klingende Laute – ein Mittelding zwischen Französisch und Italienisch, und eine Männerstimme fragte, ob hier Zimmer zu haben seien, er wolle sich nicht lange aufhalten, nur fragen. Es entspann sich dann eine längere Unterhaltung, an deren Schluß wir nur die Worte verstanden: »Also morgen, morgen und vier Zimmer.« –

Ein Herr mit gebräunter Gesichtsfarbe ging dann eilig durch den kleinen Garten und stieg in einen Wagen, während es gleich darauf an unserer Türe klopfte und Frau Liesching, die Besitzerin, eintrat. Ganz froh leuchtete ihr Gesicht: »Ich muß Ihnen nur gleich verkünden, daß schon in Bälde mein Haus wieder voll sein wird. Eine große Familie aus Neapel, Großeltern, Eltern und drei Kinder und eine Gouvernante sind unten in der Stadt. Die beiden Herren sind Ärzte und wollen von hier aus einige Kongresse besuchen, während die Frauen und Kinder dableiben sollen.«

Mir klopfte das Herz vor Freude, daß wieder Jugend das Haus beleben sollte.

»Wie alt sind denn die Kinder?« fragte ich gespannt und freute mich doppelt, als Frau Liesching sagte: »Noch ganz klein sollen sie sein, drei Mädchen im Alter von zwei bis sieben Jahren. Ich muß jetzt aber gleich hinauf und alles richten lassen. 's ist nur gut, daß wir auch für so was ganz Junges Bettlädchen haben!« Damit ging sie davon, um ihre Anordnungen zu treffen.

Am andern Tag setzte ich mich ans Fenster, um die Angekündigten ankommen zu sehen. Man wird so neugierig an einem kleinen Ort, besonders wenn es regnet und sich absolut nichts ereignet.

Endlich, ein Tuten aus der Ferne, ein schnell näher kommendes Fauchen, und mit kurzem Ruck hielten nacheinander zwei bedeckte Autos vor der Pension. Der junge Herr von gestern sprang heraus, reichte einer älteren Dame beim Aussteigen die Hand, deren Mann folgte und noch eine junge, hübsche Frau. Aus dem andern Auto zwängte sich ein junges Mädchen, und gleich darauf hüpften drei kleine Gestältchen der herbeigekommenen Mutter in die Arme und wurden auf das Trottoir gestellt. Und dann kam die ganze Gesellschaft durch das Gärtchen den Weg herauf gegen das Haus, und wir hatten dabei Gelegenheit, die neuen Ankömmlinge zu begutachten.

»Das ist doch nun endlich einmal etwas anderes, Interessantes«, sagte ich zu meinem Mann, der über meinen Eifer etwas lächelte; aber ich kann nichts dafür, etwas Fremdländisches konnte mich von jeher in einige Aufregung versetzen.

Aber uns fing's an, lebhaft zu werden, sogar sehr lebhaft. Koffer und Möbel wurden gerückt, laute Stimmen erschallten, die Dienstmädchen vom Haus liefen herauf und hinunter – das war schließlich bei den andern Gästen auch so. Aber dann freute ich mich, als nach einiger Zeit Kinderfüße die Treppe herunterkamen und zögernd in dem kleinen Vorplatz außen innehielten. Das deutsche Fräulein, das, wie ich nachher hörte, am Morgen dieses Tages erst bei der Familie eingetreten war, fragte, wo sie für die Kinder Milch bekommen könne, und bald darauf saß die ganze kleine Gesellschaft im Speisezimmer und ließ sich's schmecken. Sie achteten noch nicht sehr auf die Anordnungen des fremden Fräuleins, sondern griffen sofort selber zu, schenkten sich ein und brockten mit den braunen, kleinen Händen ihre Semmeln in die weiße Milch. Die zwei Jüngeren machten's nicht gerade salonfähig, die Persönchen waren gar zu lebhaft, und die Fingerlein griffen gar zu energisch drein, so daß das Fräulein bald um Lappen und Tuch bitten mußte, das Verschüttete wieder aufzutrocknen. Die Älteste hingegen, ein ganz merkwürdig verständig aussehendes Kind, vermittelte, wie es schien, zwischen den Kleinen und der jungen Dame, auch half sie geschickt beim Wiederordnungmachen und beim Neueinschenken.

Ich ging zurück in meine Stube. Gleich darauf kam das Füßegetrappel wieder vorbei, und die Kinder beschauten sich anscheinend durch die offene Haustür die Sachlage. Zwei zwitschernde Stimmlein verlangten auf Italienisch irgend etwas, wahrscheinlich wollten die Kleinen hinaus. Das Fräulein erklärte, daß das nicht sein könne, die Älteste, die, wie ich durch das offene Fenster vernahm, etwas Deutsch konnte, vermittelte den Geschwistern ein bestimmtes: »No, no!« Aber die Stimmlein lauteten nun gar nicht mehr lieb, und gleich darauf sprangen zwei schwarzlockige Kinder in leichten, weißen Kleidern hinaus in den kalten Regen, das Fräulein ihnen nach.

»Halt, halt, ihr werdet ja naß«, rief sie.

Aber je dringender es klang, desto weiter rannten die beiden davon, und alles Rufen nutzte nichts, obwohl es gerade gewaltig schüttete.

Da sahen wir, wie die Älteste, sie hatte schnell an dem Ständer im Gang ihr kleines Regenmäntelchen umgenommen und die Kapuze heraufgeschlagen, mit flinken Füßen den zwei Ausreißern nacheilte und sie auch bald erwischte. Eindringlich sprach sie auf sie ein, und willig und nett folgten dann die Schwestern ihr ins Haus, wo inzwischen die Mama dem Fräulein auf Französisch Vorwürfe machte, daß sie die »Ragazze« – Kinder – habe hinauslaufen lassen. Die Älteste trocknete mit ihrem Taschentüchlein den Kleinen die Haare und sagte irgend etwas Entschuldigendes für das Fräulein.

Die nächsten Tage machten wir Bekanntschaft mit der Familie. Es waren nette, gebildete Menschen, die Frauen vielleicht nur etwas zu weich mit den Kindern. Diese saßen während der Mahlzeiten mit dem

Fräulein am Nebentisch, und wenn's auch selten ohne eine Umschütterei oder Verschmiererei abging, so war's doch ganz unterhaltend, der kleinen, lebhaften Gesellschaft zuzusehen, das Ungerade ging uns ja nichts an. Nur hatten wir da und dort ein leises Bedauern mit dem Fräulein, das den besten Willen hatte, die Kinder gut zu ziehen, und wieder mit diesen, die die Fremde nicht verstanden und dadurch sich oft nicht gerade lieb und folgsam zeigten. Da war's nun immer wieder Nanetta, die Älteste, die vermittelte, eingriff und half, deren merkwürdig kluge, samtschwarze Augen alles um sich her sahen und erfaßten, und deren tiefes, weiches Stimmlein so wohltuend klang gegenüber den noch nicht sehr melodischen von den Schwesterlein.

Nanetta hatte es meinem Mann und mir gleich am ersten Tage angetan, und wir riefen sie auch manchmal zu uns herein und hatten unsere Freude an ihrem drolligen Deutsch. Sie erzählte, sie hätten ein paar Monate schon in Neapel ein deutsches Fräu-

lein gehabt, aber die »Sorelle – Schwestern«
– seien noch kleine »stupide Dummerchen«
– sie hätten nichts gelernt. Nanetta, so jung
sie war, vermittelte auch alles in der Küche
und im Hause, bestellte Kaffee, Tee, Milch,
wobei sie die Anzahl der Tassen mit großer
Lebhaftigkeit durch ausgestreckte Fingerchen bezeichnete.

Die größte Hilfe und ein wirklicher Trost
für das noch junge, etwas unerfahrene Fräulein war dieses Kind überhaupt in der nächsten Zeit. Die zwei Kleinsten schliefen mit
ihr, Nanetta im Nebenzimmer, die Eltern
etwas entfernt.

Nun wollte Fiora, die Jüngste, sich absolut nicht an die neue Schlafgenossin gewöhnen und verlangte gleich am ersten Abend
energisch nach ihrer Mammuccia. Als es
hieß, diese schlafe, fing Fiora an zu schreien
und schließlich zu brüllen, und alle Lockund Beruhigungsmittel von Fräulein Gertrud nutzten nichts, das Gebrüll wurde
fürchterlich. Es artete an den nächsten
Abenden so aus, daß Frau Liesching, die

oben schlief und in Todesangst dalag, um die Ruhe ihrer andern Hausgäste besorgt, tüchtig mit einem Stock auf den Boden klopfte. Als dies aber nichts nützte, erschien sie verzweifelt im Schlafrock und versuchte nun ihrerseits, den kleinen Racker zu beruhigen. Umsonst! Da war's wieder Nanetta, die, schlaftrunken, aus ihrem Bettchen stieg, dem Schwesterlein allerlei Italienisches, das oft gar nicht nur wie Koseworte lautete, ins Ohr sagte, dabei aber strich sie ihr mit ihrer braunen kleinen Hand beruhigend über den Krauskopf. Und hernach sang sie mit leiser, gedämpfter Stimme kleine Lieder, unter deren besänftigenden Weisen das Kind einschlief. Erst dann ging Nanetta selber wieder in ihr Bett zurück. Es sei einfach ganz rührend gewesen, erzählte am andern Tag die sehr kinderliebe Pensionsmutter.

Diese Szenen wiederholten sich aber sehr oft. Auch die andere Schwester, Angela, war gar kein Engelein, sondern ein recht verzogenes, willensstarkes kleines Ding, das, gleich Fiora, eben einfach nicht folgen wollte, und fast immer war's Nanetta, die die beiden wieder zum Gehorsam brachte.

Eines Nachmittags – draußen schüttete es einmal wieder zur Abwechslung, statt gewöhnlich zu regnen – da saßen mein Mann und ich im kleinen Salon der Pension mit den Neapolitanern beisammen. Die Kinder waren mit dem Fräulein hinauf in ihr Zimmer geschickt worden, und wir hatten gerade noch gesehen, wie Nanetta geschickt die kleine Fiora, die mit ihrer Puppe im Arm gestolpert war, wieder aufrichtete und tröstete. Im Ofen brannte behaglich ein Feuer, und die Herren hatten sich eine Zigarre angezündet. Als die Schritte der Kinder verhallt waren, sagte mein Mann nachdenklich zu den Italienern:

»Was ist doch Ihre Nanetta schon für ein reizendes, fürsorgendes Mütterchen für die Kleinen! Aber merkwürdig ist es, wie wenig sie und die Schwesterchen sich gleichen!« Er sprach das aus, was wir alle schon lange beobachtet hatten, Nanetta war auch um einen ganzen Schatten dunkler und fremdartiger als die andern. Die Bemerkung meines Mannes schien die Familie unruhig zu machen. Die junge Frau sah ihren Mann, der ältere Herr seine Frau wie fragend an, und dann sagte der Großvater:

»Ihnen, die sich so lieb für das Kind interessieren, können wir ja schon sagen, daß es nicht unser eigenes ist, es ist ein Messinakind, das unter den Trümmern gefunden wurde, und das wir zu uns genommen und bis heute aufgezogen haben!«

»Nanetta ist uns aber so lieb geworden wie die eigenen«, sagte jetzt die Großmutter. Nun fiel uns auch ein, daß Nanetta schon verschiedene Male gesagt hatte: »Ich gehöre der Nonna – Großmutter – und Fiora und Angela gehören der Mammuccia.«

Als wir uns hierüber äußerten, sagte die letztere lebhaft: »Ja, Nanetta ist ein besonderer Liebling von den Großeltern geworden, aber sie ist uns deshalb gerade so teuer. Wir wohnen nämlich in einem Haus beisammen und bilden eine große Familie. Nanetta hat aber in Wirklichkeit keine blasse Idee davon, daß die beiden andern nicht ihre Schwestern und wir nicht die Eltern und Großeltern sind. Sie soll es, wenn es möglich ist, auch nie erfahren!«

Wie uns das alles interessierte! Wir baten nun um nähere Erklärung, und der Großvater erzählte:

»Es war Ende Dezember im Jahre 1908, als wir da und dort von kleinen Erschütterungen des Erdbodens erschreckt wurden. Der Vesuv qualmte und spie mehr glühende Lava aus als sonst. Das verkündete nichts Gutes. Dabei hatten wir merkwürdige Färbungen des Himmels, eine leuchtende Atmosphäre, so daß man glaubte, die Sterne fassen zu können, und dann wieder ein Abendrot, gegen das das Feuer des Vesuvs fast verblaßte. Da, am 28. Dezember, geschah das furchtbare Unglück in Messina, bei dem durch nacheinander folgende Erdstöße zwei Drittel der herrlichen Stadt verschüttet wurden und beinahe hunderttausend Menschen zugrunde gingen! Wir erfuhren in Neapel nicht gleich den ganzen Umfang dieses gräßlichen Ereignisses, aber das, war wir vernahmen über Palermo und andere Städte, war so entsetzlich, daß mein Sohn und ich, als Ärzte, uns sofort entschlossen, zur Hilfe hinzufahren. Kriegsschiffe, die vor Neapel vor Anker lagen, bekamen Weisung, den Weg nach Kalabrien zu nehmen, andere Schiffe schlossen sich an. In einem, das die Stadt Neapel mit Hilfs- und Lebensmitteln schickte, befanden wir uns – ich stand an der Spitze dieser Hilfskolonne!

Ich war das Jahr vorher mit meiner Familie in Messina gewesen und hatte das Bild von der Einfahrt, wo die wunderschöne Stadt in ihrer ganzen Pracht vor uns lag, noch lebhaft vor Augen. Was für ein Anblick bot sich uns aber jetzt dar! Wo waren die Türme, die Kirchen, die Paläste, die sonst hervorragten? Wo waren die Villen auf den Hügeln, das schöne alte Kastell? Alles zusammengeschüttet, untereinandergeworfen, wie aus einer riesigen Kinderspielwarenschachtel. Selbst die Ufer der uns so wohlbekannten Bucht hatten ein total anderes Aussehen. Lange Strecken davon waren mitsamt den Gebäuden spurlos im Meer verschwunden, und eine Landung war wegen des hohen Wellengangs und der herumschwimmenden Trümmer und Leichen sehr schwierig. Nur mühsam konnten wir uns auf kleinen Booten dem Ufer nähern. Wie aber anlegen, wo statt des Landes nur Schlamm war, wie irgendeine Richtung einschlagen, um in die Stadt zu kommen, wo sich keine Straßen mehr befanden? Mein Sohn, der ziemlich bekannt war in Messina, wußte sich einfach nicht mehr zurechtzufinden.

Es war übrigens auch gleichgültig, wohin wir uns wandten, denn wir wollten ja helfen und retten, und um Hilfe und Rettung schrie und jammerte es von allen Seiten. Erlassen Sie mir, das Gräßliche der Eindrücke zu schildern. Russische Matrosen, deren Schiff zur Zeit der Katastrophe vor

Messina gelegen hatte, waren die ersten, die den Mut hatten, sich dem großen Trümmerhaufen zu nähern. Mit unbeschreiblichem Einsatz, oft unter Gefahr des eigenen Lebens, verrichteten sie wahre Heldentaten. Ihnen, die sich in der Wirrnis schon eher zurechtfanden, schlossen wir uns an. Wo aus den Trümmern Hilferufe erschallten und wo wir mit nicht zu großem Zeitverlust den Verschütteten beikommen konnten, da holten wir sie heraus, Frauen, Kinder, Männer. Die so Gefundenen mußten mühsam über oft meterhohe Trümmer hinübergetragen werden, um endlich auf die rettenden Schiffe zu gelangen. Aber es waren wenigstens doch einzelne, die wir ihrem gräßlichen Schicksal entreißen konnten.

Unter ihnen befand sich ein junges Mädchen, das stand auf den Resten eines Balkons, die vordere Hälfte war weggerissen. Eng angedrückt an die allein noch stehengebliebene Mauer ihres elterlichen Hauses, verharrte sie, halb erstarrt, kaum bekleidet, nun schon sechsunddreißig Stunden in dieser Stellung, ihre Hilferufe waren ganz heiser geworden. Es gelang uns, sie zu bewegen, den Sprung zu wagen auf ein gespanntes Tuch, und er gelang, wenn auch mit einem gebrochenen Arm. Unten im selben Haus, unter Steinblöcken hervor, erscholl ein jämmerliches Weinen. Ein Knabe von etwa zehn Jahren streckte einen Arm heraus, die andere Hand war ihm abgeschlagen. Wir konnten ihn aus seiner Lage befreien, und später fand der beständig um seine Eltern und Geschwister Jammernde die Seinen gerettet auf einem deutschen Schiff wieder. Wenn ganze Familien, wie es oft der Fall war, unter den Trümmern ihres Hauses tot beisammen lagen, so gab einem dies ordentlich ein Gefühl der Befriedigung. Am erschütterndsten und herzzerreißendsten waren die vielen hilflos herumirrenden und nach den Ihren rufenden Kinder. Und die verletzten Kleinen und auch solche, die, nicht verletzt, verlassen und ermattet dalagen! Einige sogar wurden noch ruhig in ihren Bettchen schlafend aufgefunden. Auf die Kinder hatten es unsere braven russischen Matrosen hauptsächlich abgesehen, und sie erzählten uns, daß sie schon am Tage vorher eine ganze Anzahl solcher armen Wesen auf ihr Schiff gebracht hätten.

Unsere Arbeit in den kommenden Tagen spielte sich nun meist auf den Schiffen ab, wo wir die immer wieder herbeigebrachten Verunglückten teils zu verbinden, teils zu amputieren hatten. Nur noch einmal gingen mein Sohn und ich an Land – es war acht Tage nach der Hauptkatastrophe –, und ich gestehe, daß dieser zweite Eindruck für uns beide noch furchtbarer war als der erste. So nervenerschütternd damals das Wimmern und Geschrei um Hilfe von oben, von unten, von überallher wirkte, so unheimlich war diesmal die nun eingetretene große Stille.

›Niemand lebt nun mehr‹, sagte eins ums andere, und wir mußten tief innen immer wieder denken: Ja, Gott gebe es, daß niemand mehr lebt! Eigentlich nur, um uns zu vergewissern, hatten wir den grausigen Weg in die Leichenstadt noch einmal unternommen. Wir waren eben im Begriff, nach Eindringen in eine Gegend, in der wir noch nicht gewesen waren, wieder umzukehren – warum das Gräßliche sich noch einmal vergegenwärtigen, wo unsere Gegenwart doch nutzlos war? –, da hörten wir plötzlich in der grausigen Stille etwas wie die Töne von einem jungen Kätzchen oder irgendeinem kleinen schwachen Tier. Wir näherten uns der Stelle, es war hinter einem eingestürzten Hausbogen, und als wir näher hinhorchten, schien es uns das Wimmern eines neugeborenen Kindleins zu sein.

›Hier ist noch etwas Lebendiges!‹ – Einer der Steine lag so, daß wir ihn mit vereinten Kräften wegschieben konnten. Glücklicherweise stürzte, wie so oft, nichts zusammen, und nun sahen wir etwas Dunkles, Wirres liegen – hilf Gott, ein Kinderköpflein! Drüber waren Balken, die eine kleine Höhlung bildeten, und so bekamen wir es zu fassen. ›Sachte, nur sachte – um Gottes willen, nur nichts zerreißen!‹ Aber ganz leicht und anstandslos brachten wir das Körperchen eines winzigen Kindes – es war ein Mädchen – heraus, das, gelb und zusammengeschrumpft, die Augen nicht mehr öffnete, wohl aber immer wieder von Zeit zu Zeit kleine wimmernde Laute von sich gab. Ich weiß nicht, warum gerade dieses elende Geschöpfchen mich von allem Gräßlichen, was ich gesehen hatte, am meisten packte. Da, wo es gelegen hatte, war das ganze Häuserviertel in einem wüsten Haufen zusammengebrochen, das Kind war allein übrig geblieben. Ich nahm's in meinen Mantel, und wir brachten es auf das Schiff zu den andern Kindern, wo hilfreiche Hände sich sofort seiner annahmen. Es wurde erst gereinigt, dann flößte man ihm langsam und mit großer Vorsicht Nahrung ein.

Acht Tage lang unter Trümmern!

Und nun wissen Sie, wie wir unsere kleine Nanetta gefunden haben! ... Das elende Geschöpfchen, das ganz besonderer Pflege bedurfte, haben wir uns ausgebeten, als wir am andern Tag mit einer großen

Ladung von Geretteten, Verstümmelten und Kranken nach Neapel zurückfuhren. Das Kindlein machte uns niemand streitig. Ich hatte auch, soweit es eben anging, noch da und dort Umfrage gehalten, hatte die Gegend, in der wir die Kleine gefunden, nach Möglichkeit beschrieben, was aber dadurch erschwert wurde, daß in der Nacht einer der erneuten Erdstöße gerade dort noch vollends jede Spur vernichtete.«

Erschüttert hörten wir dieser schlichten Erzählung zu. Draußen war nun endlich die Sonne durchgedrungen, und Nanetta, das prächtige Kind mit den tiefschwarzen Augen, mit den strammen und doch so geschmeidigen Gliedern, spielte mit den Schwesterchen Ball, ihr helles, fröhliches Lachen klang herein.

»Aber wie ging das nun alles weiter? Wie kam das Kind zu einem Namen? Hat man wirklich nie mehr erfahren, wem es gehörte? ... Hatte es denn nicht irgendein kleines Erkennungszeichen an sich?« fragten wir erregt durcheinander. »Und was haben denn Ihre beiden Frauen zu dem Mitbringling gesagt?« konnte ich mich nicht enthalten, noch beizufügen.

»Unsere Frauen? Fragen Sie die selber«, erwiderten die Herren lachend.

Und die junge Dame schilderte uns nun in ihrer lebhaften, süditalienischen Weise, wie es gewesen war, als Nanetta zu ihnen kam.

»Sie können sich denken, was wir Frauen ausstanden, als unsere Männer sich so unvermittelt auf dieses gefährliche Terrain begaben. Ich litt um so mehr, da ich damals meine kleine Fiora hatte, die erst vierzehn Tage alt war, und ich immer denken mußte: wenn er nimmer heimkäme, mein Luigi, und er hat sich doch so sehr auf das Kindlein gefreut! Und dann kam er doch wieder, er und Papa, und wir waren so glücklich – Sie können's sich denken, nachdem wir von so viel Entsetzlichem gehört hatten! Mammuccia saß neben meinem Bett, als sie eintraten, und Papa sagte: ›Da sind wir wieder, Dank der Madonna, die uns beschützt!

Und wir haben euch etwas mitgebracht – auch Gott und ihr zum Dank! – Und ihr müßt nicht böse sein,... wir wollen's alle lieb haben, auch wenn es uns vorerst noch viel Mühe machen wird!‹ Damit war mein Luigi hinausgeeilt... wir sahen ihm etwas ängstlich nach. Er aber brachte auf einem schmutzigen Kissen etwas in einen bunten Schal Gewickeltes herein und legte es mir auf den Schoß, gerade neben unsere Fiora, die so hübsch mit runden Bäcklein in ihrem weißen Kissen lag.

›Herr im Himmel – ein Kind!‹ haben Mammuccia und ich zusammen ausgerufen, als wir das kleine, gelbe, verrunzelte Geschöpfchen liegen sahen, das eher einer Mumie glich als etwas Lebendem.

›Nicht wahr, du wirst's pflegen? Es hat niemanden mehr auf dieser Welt, und Gott hat's gerade uns finden lassen‹, sagte mein Luigi und sah mich dabei immerhin etwas zaghaft an, denn erschreckt war ich doch recht und unwillkürlich rief ich aus: ›Dio mio – zwei Bambini!‹...

Meine Mutter aber, Sie wissen ja, wie gut sie ist, viel, viel besser als ich, die nahm das kleine Bündel gleich auf den Arm, und mit einem Blick voll Mitleid und Erbarmen sagte sie: ›Wie alt kann sie denn sein, die Poveretta? Und werden wir sie denn wohl auch wieder zurecht kriegen? Das macht ja die Augen nicht einmal auf!‹

›Das Zurechtkriegen eben wollen wir probieren. Und jetzt ist vor allem die Hauptsache, das Kindchen wieder recht gründlich zu baden und in frisches Zeug zu stecken‹, sagte Papa.

Carlotta, unsere alte Wärterin, hatte keine sehr große Freude, als wir mit so etwas in ihre reinliche Kinderstube kamen.

›Grazie, grazie, das gehört doch ins Findelhaus und nicht zu rechten Leuten, und das paßt doch nicht neben unsere süße Fiora‹, lamentierte sie.

Als Carlotta aber sah, mit welcher Liebe die Nonna die Kleine auswickelte, die armen verschrumpften Gliederchen in dem rasch zubereiteten Bad wusch und dem

Geschöpfchen eines der Kleidchen von Fiora anzog, da half sie doch, wenn sie auch längere Zeit nachher noch die Wäsche von dem kleinen Findling gesondert behandelte.

›Man weiß doch nicht, welchen gewöhnlichen Leuten es gehört hat‹, meinte sie geringschätzig.

›Geradeso gut kann's aber auch ein Grafen- oder Prinzenkind sein!‹ hielten wir ihr entgegen. ›Jedenfalls aber ist es ein Geschöpfchen, das Gott geschaffen hat!‹« Bis hierher erzählte die Frau.

Nun sagte der Großvater wieder:

»Denken Sie nur, wie sogar wir Ärzte uns in solchen abnormen Fällen täuschen können! Mein Sohn und ich haben das kleine Geschöpf beim ersten Anblick auf nur etwa acht Wochen geschätzt. Dann entdeckten wir, daß es schon Zähne hatte. Und dann – so etwas muß man erlebt haben, wie's war, als die Kleine zum erstenmal ihre Augen öffnete – Sie kennen ja diese ganz besonders schönen, samtschwarzen Augen! – Und dann, wie sich nach und nach die verrunzelte Haut füllte, wie die Glieder sich streckten, wie das Gesichtlein sich rundete, wie das vermeintliche Baby auf einmal vom Arm herab verlangte und gehen konnte, und wie der kleine Mund ein paar Wochen nachher Worte, wenn auch unverständliche, sagte, und wie wir, immerhin ganz deutlich die Wörter ›Mama‹ und ›Etta‹ vernahmen. Aus unserem winzigen, verschrumpften, mumiengleichen Kindlein war im Lauf der Monate ein frisches, nettes, nach unserer endgültigen Schätzung beinahe zwei Jahre altes Mädchen geworden! – Als Zwillingsschwesterchen für Fiora, wie wir anfangs dachten, war Nanetta nun nicht zu gebrauchen – diesen Namen hatten wir ihr gegeben, nachdem sie uns beharrlich auf die Frage: ›Wie heißt du?‹ ›Etta!‹ geantwortet hatte. Als vor zwei Jahren Fiora noch eine Schwester bekam, da sagten wir beiden Alten zu den jungen Eltern: ›Ihr habt nun zwei, gebt uns die Nanetta‹ – und wir nahmen sie zu uns herauf – wir wohnen ja in einem Hause.

Zusammengehören tun wir doch alle, die Großen und die Kleinen!«

Wie war das so schön und rührend, so echt barmherzig und gut. Und nochmals fragte ich: »Hatte denn das Kind gar kein Erkennungszeichen an sich – ein Hemdlein, ein Kettchen, ein Röckchen?«

Wieder wurde dies verneint, und der Großvater sagte: »Die paar Fetzen, die vielleicht noch an ihr hingen, beachteten wir damals nicht, sie hätten wohl auch zu keiner Entdeckung geholfen. Ein halbes Jahr nach der Katastrophe aber bin ich mit dem Kind – Carlotta ließ es sich nicht nehmen, uns zu begleiten, so sehr war sie, wie wir alle, schon mit der Kleinen verwachsen – noch einmal nach Messina gefahren, und wir haben überall, wo wir nur annähernd noch an einen Erfolg denken konnten, das Kind gezeigt und von ihm geredet. Allerlei Mütter kamen, die hofften, in dem, auch in verschiedenen Zeitungen ausgeschriebenen, Kind eines ihrer Verlorenen wiederzufinden, aber es war immer nichts!

›Meine Kleine hatte glatte Haare.‹ ... ›Mein Süßes war viel heller.‹ ... ›Mein Engelchen hatte ganz andere Augen,... s' ist nichts, s' ist nichts!‹ ... So wußte eine jede etwas anderes zu sagen. Und nach vierzehn Tagen – so lange hielten wir uns dort auf, um doch ja nichts für des Kindes Zukunft zu versäumen – fuhren wir unverrichteter Dinge wieder heim. Carlotta war ganz glückselig, sie versicherte nachher, selbst einer Principessa hätte sie die Augen ausgekratzt, wenn sie ihr die Nanettina hätte nehmen wollen! Und auch wir hatten das Gefühl: jetzt erst gehörte uns Nanetta wirklich, als ein Gottesgeschenk. Und nun, nach sechs Jahren, denken wir gar nicht mehr daran, daß es eine Zeit gab, wo die Kleine noch nicht zu uns gehörte – unsere Eigenen sind uns ja nicht lieber als sie. Wenn's gelingt, so soll Nanetta auch nie erfahren, daß sie einmal andere Eltern als uns gehabt hat!« ...

In diesem Augenblick rannten die zwei kleinen Mädchen zur Türe herein, gefolgt von Fräulein Gertrud, die wieder nicht Herr geworden war über die wilden, ausgelassenen Ragazze. Sie waren nicht zu bändigen, rasten um den Tisch herum und hörten nicht auf des Fräuleins und auch auf der Mutter dringendes Rufen: »Seid doch lieb – laßt euch fangen – ihr müßt jetzt Milch trinken – sie wird ja kalt!«

Da war's wieder Nanetta, die die Schwesterchen erhaschte, je mit einem Arm eins umschlang, ihnen leise zuredete und sich dann zu ihnen an den Tisch setzte. Vorher aber eilte sie noch rasch davon, denn mit einem Blick hatte sie erfaßt, daß die Serviettchen fehlten. Ganz wie ein Mütterchen sprach sie der einen, die Milch nicht gern mochte, zu, während sie der kleinen Angela ihre Semmel einbrockte. Zu dem Fräulein sagte sie: »Ich schon machen! Sie nur trinken inzwischen jetzt selber Ihr Kaffee, Fräulein, wo Sie 'aben doch serr Kopfweh!«

Ich kann wohl sagen, ich habe in meinem Leben nie etwas Fürsorglicheres, Herzigeres von einem solch jungen Menschenkind gesehen. Und als ich unwillkürlich leise zu der Nonna sagen mußte: »Ihr Messinakind wird gewiß ein Segen für Sie alle« – da nickte diese nur, faltete die Hände und sagte schlicht: »Ja, wenn Gott ferner Segen gibt.« Im selben Moment war Nanetta, deren Augen alles sahen, wo Hilfe not tat, herbeigesprungen, um der Großmutter die ihr eben herabgefallene Häkelnadel wieder aufzuheben.

»Nonna mia!« sagte sie mit ihrem tiefen, einschmeichelnden Stimmchen und lehnte sich dabei zärtlich an die alte Dame.

Ja, das Kind war an einem guten Platz! Oft aber muß ich denken, ob nicht doch noch irgendwo irgendwer vorhanden ist, zu dem die kleine Nanetta einst in Wirklichkeit gehörte? ... Das gehört zu den vielen Dingen, welche erst die Ewigkeit offenbaren wird!

Der weiße Schrank

Wenn jemand diese Plauderei gelesen hat, so wird er vielleicht nachher fragen: »Darf ich ihn ansehen, diesen Schrank?« was mir aber schon jetzt eine Verlegenheit wäre, denn er ist wirklich nicht mehr zum Zeigen mit seinen abgestoßenen Ecken, zu verschiedenen Zeiten abgeschlagenen Füßen, welche recht unschön ersetzt wurden, und mit seiner vielleicht einmal ursprünglich weiß gewesenen Farbe, die jedoch grünlichgrau geworden ist.

»Aber das kann man ja neu machen und wieder schön weiß anstreichen?« würdet ihr sagen, wenn ihr durchaus den Schrank sehen wolltet. Aber neu anstreichen? Nein, das tu ich nicht! So wie der Schrank jetzt ist, so hat er mir viele Jahrzehnte gedient, und gerade so, mit all seinen Mängeln, ist er mir lieb geworden und ist mir verknüpft mit so vielerlei Erinnerungen. Wenn er auch nur mein Küchenschrank ist, käme es mir wie ein Unrecht vor, irgend etwas an ihm ändern zu lassen. – Und von all diesen Erinnerungen, mit denen auch die Geschichten derjenigen, welche im Laufe von beinahe fünfzig Jahren in meiner Küche hausten, eng verknüpft sind, möchte ich jetzt erzählen.

Als mein Mann mich in sein Haus einführte, wir waren von der Hochzeitsreise zurückgekommen, da stand unter der Küchentür die »Karline«, welche schon über zwanzig Jahre in der Familie meines Mannes diente.

»Wie gut hast du es, daß du solch einen treuen Dienstboten übernehmen darfst!« sagten etliche meiner Bekannten; aber offen gestanden, ich fürchtete mich ein wenig. Würde ich wohl auch zwanzig Jahre lang mit ihr auskommen, wie es die Schwester meines Mannes getan hatte? ... Und das Fürchten bekam erst ordentlich einen Boden, als da eine riesengroße, starke Person vor mir stand – wie ein Dragoner! sagte man damals – und wir einander die Hand reichten. Herrgott, war die groß, und die Besitzerin selber füllte ja fast die ganze Küche aus! Würde ich da in Zukunft wohl auch noch Platz neben ihr finden? durchzuckte mich der Gedanke. Und: Platz neben ihr gefunden, wenn ich wahrheitsgetreu berichten soll, das habe ich sozusagen nie. Sie hatte es von Anfang an recht unnötig gefunden, daß ihr Herr, dem sie, fast möchte ich sagen, schwärmerisch ergeben war, noch heiratete, wo er doch sie hatte. War es nun, daß sie bald merken konnte, daß ich ihr in ihren Kochkenntnissen keine Konkurrenz machte, oder daß ich wirklich neben ihr in ihrem Revier wenig Platz einnahm, wir kamen, was diesen Punkt anbetrifft, gut miteinander aus, und auch sonst haben wir uns verstehen gelernt.

Die Karline war noch eine der Mägde vom alten Schlage, die unter anderem einen für verrückt gehalten hätte, wenn man »Fräulein« zu ihr gesagt hätte. Aber was ihre so lange erprobte Kochkunst anbelangte, so besaß sie da einen Ehrgeiz, wie kein Minister einen größeren haben konnte. Und da ich bald einsah, daß ihre Suppen, Braten und süßen Speisen tadellos waren, so ließ ich sie mit Freuden walten. Freilich einige Versuche, auch solche Speisen, deren Rezepte ich von meinem Elternhaus mitgebracht hatte, hier einzuführen, scheiterten kläglich. Alles, was nicht in ihrem Repertoire stand, war einfach nicht zu essen, wobei sie eine solche Grimasse dazu schnitt, daß einem wirklich im voraus der Appetit vergehen konnte, und die Geschichte eines Kalbsbratens kursierte lange Zeit unter meinen Bekannten. Gerade einen solchen tadellos zu bereiten, darin war sie berühmt.

Ich vermaß mich aber eines Tages, etliche herrlich duftende Champignons, die ich im Wald gefunden hatte, zur Vermehrung des Wohlgeschmacks in die Brühe zu tun, und unglücklicherweise war diese gerade an jenem Tag etwas weniger delikat als sonst. Da hätte man aber die Karline sehen sollen! Puterrot mit gesträubtem Gefieder erklärte sie einem jeden, der es in nächster Zeit hören wollte, daß in über zwanzig Jahren ihr Kalbsbraten recht gewesen sei, aber seit man ihr »solche unnatürlichen Dinger«, wie diese »Schabinoh« hineingeworfen habe, da sei die ganze Sache verhunzt, und es erfolgte eine Gebärde des allergrößten Abscheus. Bei uns aber wurden diese köstlichen Pilzchen von nun an nur noch »Schabinoh« oder »unnatürliche Dinger« genannt.

Ein andermal zog ich auch gewaltig den kürzeren, als ich einer inneren Empfindung folgend riskierte, etwas in meiner Küche vollbringen zu wollen. Himbeersaft war gekocht, und er sollte durchgesiebt werden, und das hatte ich im elterlichen Hause immer gemacht. Günstig war für mich – denn allein mußte ich zu solchem Wagnis sein –, daß gerade Kohlen und andere Vorräte kamen. Schnell wurde, wie man es so machte, ein Stuhl über den andern gelegt und an die vier Füße mit starken Knoten ein Tuch gebunden. Darunter stellte ich eine Schüssel und goß dann aus der Pfanne den Saft in das Tuch. Ganz regelrecht sickerte auch ein schönes, hellrotes Bächlein in die Schüssel, und ich ergriff wieder die Pfanne, um nachzugießen. Wie es nun kam, das weiß ich nicht, habe ich angestoßen, oder war einer der Knoten doch nicht fest gebunden, er löste sich und nicht mehr in einem Bächlein, sondern schon mehr in einem Bach, ergoß sich der köstliche Saft auf den steinernen Boden und war nicht aufzuhalten. Mehr noch als um den Saft war mir's darum zu tun, mich vor der Kritik der Karline zu retten, und ich glaube, ich habe nie mehr im Leben einen Putzlumpen so energisch gehandhabt wie in diesem Falle.

Aber schon stand, wie aus dem Boden herausgewachsen, die gewaltige, vom Fassen der Kohlen noch geschwärzte Gestalt der Gefürchteten vor mir – wie gut, daß ich gerade fertig geworden war! Aber diese Gebieterin der Küche ließ sich nicht täuschen! Einen Blick in die Pfanne und dann auf den Boden werfen war eins, und mit einer Stimme, die mir noch heute in den

Ohren klingt, sagte sie in lakonischer Kürze: »Die Pfanne ist halbleer – und da, auf dem Boden, ist frisch aufgewaschen!« Niederschmetternd war die Wahrheit, die darin lag, und ohne einen Versuch, mich zu entschuldigen, habe ich schleunigst die Flucht ergriffen.

Es gelüstet mich auch hier, den Wäschebestand von solch einer Dienerin der damaligen Zeit zu schildern. Grob leinene, von der Mutter selbst gesponnene Hemden waren's, unter dem Arm mit großen viereckigen, doppelten »Flicken« besetzt. Beinkleider oder gar Untertaillen gab es nicht, hingegen einen guten, warmen, gewöhnlich rotgewürfelten Flanellunterrock. Dazu kamen noch – natürlich selbstgestrickte – Strümpfe von derbem, blauem Garn, welche, ebenso wie die Hemden, an der Ferse und an den Zehen aus starker Leinwand Besätze hatten, und eine Anzahl gehäkelter oder für den Winter wattierter Schlafhauben. Wenn ich dann des weiteren noch einen zweiten, gleichfalls aus festem Molton, in vielen Falten eingereihten Unterrock rechne, so ist damit die unterirdische Ausstattung von damals beschrieben. Zum Bügeln gab es da nichts, und eine Verwechslung mit der Wäsche der Hausfrau war auch nie zu befürchten, aber haltbar und solide war es. Man hätte die Karline aber am Sonntag sehen sollen, wenn sie in die Kirche ging! Ein schwarzes oder dunkelbraunes Kleid aus feinem Wollstoff, eine schwarzseidene Schürze, ein gewirktes Tuch, meistens noch von der Mutter her, die derben Arbeitshände in guten, gewobenen Handschuhen, das gefaltete Spitzentaschentuch auf dem Gesangbuch in der Hand haltend, und, so man's hatte, ein Blümlein darauf, über den Kopf ein schwarzseidenes, filetgestricktes »Fanchon«! Wie war das so ehrbar, so gediegen und fast vornehm! – Und nun... doch davon spreche ich jetzt nicht.

Ich brauchte mit der Zeit ein zweites Mädchen, und die hatte die strenge Weisung, sich der erfahrenen Karline unterzuordnen und von ihr zu lernen, aber das war lange Zeit eine schwierige Sache. Die eine wollte nicht folgen, die andere verstand das Anlernen nicht, und der Kommandoton der Karline verscheuchte eine nach der andern solcher »jungen Dinger«, wie sie sie nannte, und meine Küche war damals kein Friedensaufenthalt. Sie war auch wirklich etwas klein, und die Ordnung, welche darin herrschte, oder die Unordnung, wie ich leider sagen muß, bedrückte oft mein Gemüt, aber da war schwer zu helfen.

In dem weißen Schrank, von dem ich nun sprechen will, war ein Chaos, in das ich nur einmal mir erlaubte, einen Blick zu werfen, der mich aber lange von einem zweiten zurückhielt. Dabei war es eine jener fest eingewurzelten Überzeugungen der Karline, daß niemand eine solche Ordnung halte wie sie. Als aber einmal die Küche geweißt wurde, da faßte ich den mutigen Entschluß, und, die Schranktüre öffnend, sagte ich möglichst fest: »Wir wollen einmal zusammen da drinnen aufräumen.«

Aber was quoll mir da alles entgegen! Eine Reihe von halbgeöffneten Tüten mit Suppeneinlagen, welche sich mit Kaffeepulver, Kakao und Zucker vermischt hatten. Etliche eingetrocknete Zitronen, ein Kamm, eine alte Schuhbürste, Nähnadeln in einem kleinen Kissen steckend, etliche Zwiebeln, ein Strickzeug usw. Meine Handlung hatte der guten Alten die Rede verschlagen, und sie stand, um Fassung ringend, neben mir. Als ich aber sagte: »Jetzt wollen wir zuerst die Tüten in die vorhandenen Porzellangefäße entleeren. Siehst du, den Zucker hier in die Dose, den Pfeffer in ein Schächtelein, und zu deinen Arbeiten ist ja ein Korb vorhanden, der aber besser nicht hier herein gehört!«

Da brach bei der Alten eine solche Entrüstung und ein solcher Jammer los: »Ich habe doch eine Ordnung wie nicht leicht jemand, ich weiß genau, wo ich alles haben will, und wenn Sie mir jetzt alles so durcheinanderbringen, so werde ich einfach nichts mehr finden!«

Als ich aber diesmal wirklich nicht nachgab, als die Fächer des Schrankes, nach meinen Begriffen, eine wirklich tadellose Ordnung aufwiesen und ich ermunternd sagte: »Nicht wahr, so gefällt dir's jetzt doch auch besser, und so wollen wir's in Zukunft erhalten!« da flogen mit großem Geprassel etliche Kohlenstücke in das Feuer, ein paar Pfannen rasselten gegeneinander, und eine nichts weniger als überzeugte Stimme sagte: »Wenn Sie mir's so machen, dann freut mich meine ganze Küche nicht mehr!«, so daß ich schleunigst mein halbvollendetes Werk, die weitere Verschönerung meiner Küche, kleinmütig aufgab.

Die Bedauernis, die ich aber beinahe mit der guten, treuen Seele hatte, wäre nicht nötig gewesen, denn nach ein paar Tagen schon sah's in dem weißen Schrank genau wieder so aus wie vorher. Und ich mußte schließlich selber eingestehen, daß wir die Endleistungen der alten Dienerin, bei ihrer Auffassung der Ordnung, als tadellos anerkennen mußten.

Das war unsere Karline, deren Charakter, Zuverlässigkeit und Treue aber so groß waren, daß es auch mich bittere Tränen kostete, als sie, schon nach etlichen Jahren, an einem Herzschlag starb, und mir meine Küche plötzlich so leer und vereinsamt vorkam, daß ich nur mit wehem Herzen daran denken konnte, daß jemand anderes in Zukunft in diesem Raum herrschen würde.

Madame Bavarias Christabend

Bum, bum, radtaschin-rattatta! – Bim, bim – puff, puff! Dideldum!…

Draußen auf der Wiese scholl all dies durcheinander, und die Menschen, besonders die Kleinen, drängten und stießen sich, wollten alles sehen und hinderten sich durch langes Stehenbleiben. Furchtbar wichtig war es auch, ob sie ihren krampfhaft gehaltenen Zehner für Karussell, Pfefferkuchen oder Zwetschgenmänner ausgeben sollten. Dabei schneite es, was es konnte.

Es fing an zu dunkeln, die Menge lichtete sich. In den Buden wurde schleunigst, bei rötlich brennendem Laternenlicht, zusammengeräumt. Verkäufer schlugen ihre Lattengerüste ab und packten ein, mancher legte trübselig die nicht verkauften Glaskugeln, Wachsengel und Pelzmäntel bis auf nächstes Jahr zu unterst. Wagen fuhren hin und her, die Kisten aufzunehmen, und der

Marktmeister mahnte zur Eile, denn morgen früh mußte Festtagsordnung auch hier außen herrschen.

Da, wo sich die Buden mit Sehenswürdigkeiten befanden und dahinter, in den Wohnungen des fahrenden Volkes, war's nun auch stille geworden. Örgelein, Trompeten und Trommeln waren verstummt. Die Schaukeln lagen abgeschlagen zum Weitertransport bereit. Über das Karussell war eine graue Leinwand gezogen. Die Schießbuden standen der Gewehre und ihres Flitterschmucks beraubt da, und die Besitzer von all den Herrlichkeiten saßen nach dem langen Frieren irgendwo im Warmen, sei's im Wirtshaus, sei's im schützenden Wagen hinter dem eisernen Öfelein.

Dicht neben einem solchen Hinterraum der Bude, auf welcher vorn das Konterfei der Riesendame: Madame Bavaria in prächtigen Farben prangte, saß diese auf einem festen Sitz, der als Unterlage zwei zusammengerückte Fässer hatte. Sie trug nicht das knallrotseidene Kleid wie auf dem Bild außen, sondern einen buntkarierten Rock und eine etwas trüb aussehende himmelblaue Flanelljacke. Nach dem langen Dekolletiertsein bei den Schaustellungen tat die pralle Wärme wohl, und über die mannsdicken Oberarme und den gewaltigen Busen hatte sie sich noch einen dicken wollenen Schal gewickelt. Madame Bavaria wohnte immer, auch in der kalten Jahreszeit, in einem Verschlag der Bude, denn für ihre Länge von stark zwei Metern und für die dreihundert Pfund, die sie wog, wäre wohl nirgends ein Bett zu finden gewesen. Eine zusammenlegbare Bettstatt mit mächtigen Kissen und Federdecken führte sie bei sich, und jetzt lehnte sie den Rücken an eben diese Bettkiste und wärmte sich wohlig die in wollenen Tappern steckenden Füße. Die seidenen Schuhchen, die sie den Tag über tragen mußte, drückten, trotz ihrer Größe und Weite, doch sehr.

Herr Carlos Bosko, ihr Gemahl, trat hinter dem Vorhang vor, wo er die heutige Einnahme gezählt und gleich einen Teil davon in die Hosentasche hatte gleiten lassen. Eigentlich hieß er Xaver Grundlhuber und war seines Zeichens Kellner gewesen, ehe er Taschenspieler wurde. Kartenkunststücke, die er abgeguckt hatte, hatten ihn zuerst auf diese ihn höher dünkende Laufbahn gebracht, und persönliche Gewandtheit half ihm zu immerhin verblüffenden Kunstleistungen. Sie waren es mit, die ihm einst das Herz der gewichtigen Jungfrau Anna Maria Meschenmoser, jetzigen Madame Bavaria, zuwendeten, die, in diesem ehelich umgekehrten Falle, ihn zu ihrem Gatten erhob. Trotz der äußeren und inneren gewaltigen Ungleichheit der beiden war die Ehe keine schlechte.

»Hast warme Fußerln jetzt? Kriegst bald einen heißen Kaffee?« fragte Herr Carlos in besorgtem Ton. Dann aber kam etwas wie Verlegenheit über ihn, als er, in einen hellen Überzieher schlüpfend, den hohen Hut aus einer Kiste holend, ausgehbereit vor der Gattin stand. Gegen ihre Gewohnheit machte diese eine Bemerkung: »Willst denn schon fortgehen? – Ich mein', heut abend hätt'st schon ein bisserl länger bei mir aushalten können!?«

So was reizte Herrn Bosko, aber er blieb immer höflich: »Aushalten, Nandl, aushalten! Brauch' doch nicht gleich so großartige Wörter! Ich weiß ja recht wohl, daß du sagen könntest – 's ist Christabend usw., usw. Aber, meine Liebe, erstens sind wir zwei doch über solche Gefühle hinaus. Und dann hab' ich bei meiner Wirtin schon heut früh ein ganzes Ganserl und eine Flasche Rotwein für dich bestellt, was man dir bringen soll – jawoll! Du siehst, daß ich dich nie vergesse! Und außerdem habe ich mich mit einigen Artisten verabredet – lauter feine Leut', sag' ich dir. Daß dein Mann da net fehlen darf, das siehst wohl ein? Na also! Darum wärm' dich jetzt aus, laß dir's gut schmecken, und dann legst dich bald nieder, das ist alleweil das beste für dich.«

Mit diesen gewiß wohlgemeinten Worten und einem leichten Versuch, die in einen Schal gewickelte Hand seiner Gattin zu tätscheln, schlüpfte Herr Bosko aus der Bude und strebte dann eilig dem Gasthof zu, in dem er wohnte.

Madame Bavaria war nicht sentimental angelegt, aber heute abend überkam sie doch ein so merkwürdiges Gefühl von Alleinsein! Vorhin hatte die Kellnerin vom »Stern« das Bestellte gebracht. Das Ganserl war wirklich delikat und saftig gewesen, und der Wein wärmte von innen heraus, das tat gut. Nun wurde noch die Tageszeitung, die mitgeschickt worden war, gelesen – darauf hielt Frau Bavaria etwas. Die Kritiken übers Artistenleben mußte man doch erfahren, und dann stand doch auch sonst manches Interessante drinnen: Morde, Eisenbahnunfälle, Luftschiffahrten und dergleichen. Daß die gewesene Nandl Meschenmoser dabei auch meistens, wenn sie's finden konnte, die Abteilung Bayern aufsuchte, war ihr fast selber unbewußt, denn ein halbes Menschenleben war drübergegangen, daß dort einmal ihre Heimat gewesen und sie als Waisenkind daselbst aufgewachsen war. Schön gemacht hatten's die daheim ihr auch nicht. Ja, als ganz junges Wurzerl, da rühmten die Leute ihr fabelhaftes Gedeihen: »Die hat ein Paar Waderln und Schaffhanderln – da schaut's einmal her!«

Aber die Waderln und Schaffhände wurden mit dem unnatürlichen Wachstum unförmig. In der Schule ragte die Dirn sogar über alle Buben hinaus. Die Kinder riefen sie »Goliath-Nandl«, und alle fürchteten ihre Fäuste, höhnten aber dafür um so mehr aus der Ferne. Und später auf dem Tanzboden, da war kein Bursche, der's mit ihr gewagt hätte, denn die Nandl war kaum zu umfassen und guckte nur so von oben auf einen jeden, selbst den Allerlängsten, herunter. Das konnte kein rechter Bursche ertragen, und der »Mehlsack«, »der Kirchturm«, die »Bavaria-Madame«, wie die Leute je nach Gusto sie benannten, hätte geradesogut ein altes Weiberl sein können, so abseits ließ man sie bei allem stehen. Bloß der Hafner-Loisl, der hatte es einmal im Tanzen mit ihr probiert. Aber als der

Tanzboden krachte und die Leute schrien: »Hört's auf, die Balken biegen sich schon«, da hatte er das Madl, das ihn dauerte, auf die Seite geführt und gesagt: »Weißt was, eh' daß was bricht und sie dich auslachen, tust lieber nimmer 's Tanzen probieren!«

Der Loisl! Der hatte ihr auch einmal gesagt: »Ein schön's G'sicht hast eineweg, wenn's auch ein bisserl z' groß und wie a Scheiben g'raten ist!« Er hatte es wohl gut gemeint, der Loisl, aber so mitleidig hatte er sie dabei angeschaut. Und da die Nandl noch eher das Spotten als das Bemitleidetwerden ertragen konnte, gab sie ihm eine schallende Ohrfeige. Sonst aber wäre der Loisl nicht uneben gewesen – ja, ja!...

Mit den Schaffhanderln war's auch nichts, weil sie tappig wurden, und in keinem Dienst behielt man die Nandl ob ihres nie zu stillenden Hungers. Je mehr Fett sie anlegte, desto mehr Nahrung brauchte sie, und in der Stube oder im Stall hatten die andern schier keinen Platz mehr neben ihr.

Da war, auf der Münchner Dult (Jahrmarkt), das Anerbieten, mit dem feinen Herrn Bosko zu ziehen, schier wie eine Rettung anzusehen. Aber: »Nur als seine ehelich angetraute Frau!« – die eine Bedingung hatte das Nandl gemacht, anders hätte sie's nie getan, und Herr Bosko hatte sich gefügt, schon um des guten Geschäftes willen. Und, nochmal – schlecht hatte es die Nandl, die nun Madame Bavaria genannt wurde, nicht bei ihm.

»Seine Frau gut zu halten, ist Ehrensache!« sagte Herr Carlos, und je mehr die Nandl zulegte, desto wertvoller wurde sie ja und desto besser zum Haben!

Am Anfang überkam sie oft noch ein Weh und ein Jammer, daß sie nicht sei wie andere richtige Leut', ein Verlangen nach dem, was nicht sein konnte, ein Rückwärts- und Umsichschauen, das mit Tränen endete. Jetzt, im Laufe der Jahre, war das Vergleichen, das Wünschen und Sinnieren wie ein bißchen eingeduselt, und das war bequem für die beiden, für den Xaver und für sie. Aber doch, hie und da noch, da wurde etwas im Innern der Nandl auf einmal »lebig«. Es war plötzlich etwas da, was nicht durch Essen und Trinken satt wurde, ein Wehleid, das keinen Anfang und kein Ende hatte, und das nicht wußte, wo hinaus.

So zum Beispiel heute!

»Madame, wollen Sie nicht auch ein wenig zur Bude rausschauen?« sagte jemand. »Drüben, in dem Wagen von den Menagerieleuten, brennt so ein schöner Baum, und bis da herüber hört man, wie die Kinder jauchzen!« Es war die Kellnerin, die das gebrauchte Geschirr wieder holte, und die sich dann eilig mit der etwas anzüglichen Bemerkung empfahl: »Unsereins weiß natürlich nichts von Geschenktkriegen, und sogar am Heiligen Abend wird man noch herumgehetzt!«

Das verstand die Madame, und sie holte umständlich aus ihrer Rocktasche ein Portemonnaie und aus diesem ein Markstück, das vergnügt empfangen wurde.

»Vergelt's Gott, wünsch' ich, und ein

recht fröhliches Weihnachten!« sagte das Mädchen und verschwand.

»Fröhliche Weihnachten!«

Madame Bavaria zog die Füße vom Ofen zurück und erhob sich. All ihre Bewegungen waren entsetzlich schwerfällig. Eigentlich hatte sie schlafen gehen wollen, aber vorher einen Blick hinaustun, das wollte sie doch. Sie setzte eine dicke Pelzkapuze auf und zog den Schal fester zusammen, dann öffnete sie den Vorhang.

Das Schneien hatte aufgehört. Am Himmel glitzerten Sterne, und die kalte Luft machte munter. Richtig, da drüben hinter den kleinen Wagenfenstern war ein geschmückter Christbaum zu sehen, und der »Löwenschani«, wie man ihn nannte, in einer rotwollenen Jacke, hob sein Jüngstes hoch. Um die Mutter her zappelte und wimmelte und jubelte es von lauter kleinen Buben und Mädeln mit Docken, Trompeten und Brezeln in der Hand.

Das, was Frau Nandl heute unruhig machte, wurde stärker, aber sie bezwang's und sagte sich: »Unsinn – nett ausschauen tut's schon, aber dahinter ist doch nix als Plag' und Unruh'! Gäng' m'r schlaf'n!«

Die Vorhangfalten in der Hand, horchte sie aber doch noch einmal hinaus. Von da drüben her, da, wo die kleinen Leute ihre Wägelein hatten, drang ein Weinen von Kinderstimmen. Nicht aufdringlich laut, aber so anhaltend jämmerlich. Kinder weinen zu hören, war Nandl von je unangenehm, und heute doppelt. Gerne hätte sie's nicht beachtet. Aber da es fortdauerte, wollte sie schließlich doch nachsehen.

»Unartige Pamperln!« sagte sie, während sie mühsam die Stufen hinabstieg und, nach allen Seiten Ausschau haltend, über den nun ganz menschenleeren Platz lief.

Auf den Stieglein eines Wagens, um den rings herum Geschirr hing, saßen zwei schluchzende Kinder, eng umschlungen, ein Bub und ein Mädelchen von wohl drei oder vier Jahren. Aus dem Innern des Wagens drang das anhaltende Schreien eines Säuglings.

Als die Riesengestalt so plötzlich vor ihnen stand, fuhren die beiden entsetzt in die Höhe und wollten schreiend auf und davon. Aber eine gewaltige Hand hielt sie zurück. »Dableib'n, Kinderl'n, dableib'n! Donner und Doria – was fällt's euch denn ein? Und glei tut's aufhören zu schreien, wo's Christkindl doch heute abend umiflieg'n tut.«

Wie gebannt blieben die Kinder auf der untersten Stufe stehen und schauten an der himmelhohen Person hinauf. Etwas in deren Stimme beruhigte sie ein wenig, und der Bub sagte leise zum Schwesterchen: »Der Niklas ist's, Lenerl, brauchst di fei net z' fürchten!« Aber doch zog er sie am Rock so weit wie möglich zurück. Dann aber, mit einem nochmaligen mutigen Blick, stieß er das Lenerl in die Seite und sagte: »Bet'n mueß m'r!«

Und ehe Frau Nandl sich besinnen konnte, standen die beiden Kinder mit brav gefalteten Händen vor ihr und sagten, wenn auch mit zitternder Stimme, das Verslein:

»Liebes, heiliges Christkindlein,
Schick' uns, bitte, ein Engelein!
Ein Engele, das bei uns wacht
Und uns beschützet Tag und Nacht!«
Dabei fingen die Glocken an zu läuten, der ganze Himmel funkelte wie ein weiter Lichterbaum, und die große Gestalt machte sich plötzlich so klein wie nur möglich, um herab zu den Kinderköpflein zu kommen: »Brav habt ihr's g'sagt, guat habt ihr's g'lernt, das Verserl, was i a amal konnt hab!«

Ganz weich kam's hervor, und die Kinder verloren alle Scheu, erzählten, daß die Mutter nur fort sei, um Milch und Brot zu holen, daß sie eigentlich im Wagen hätten bleiben sollen, aber weil es so lang gedauert, hätten sie sich halt herausgesetzt, und weil's kalt gewesen, hätten sie ein bisserl geweint. – Der Vater hol' ein Bäumerl, hab' er gesagt.

»Wie heißt euer Vater?« fragte Frau Nandl. Der bayerische Dialekt und etwas in der Art der Kinder war ihr aufgefallen.

»Alois Grundler, G'schirrhändler aus Bayerisch-Neuhaus«, sagten die Kinder zusammen wie etwas auswendig Gelerntes. Man hatte es ihnen auch fest eingeprägt, wegen eines etwaigen Sichverlaufens. Dem Kleinen kam aber doch wieder die Angst, und es schluchzte: »'s Mutterl soll kommen!«

»Vielleicht daß ihr doch noch das Christkindl begegnet ist«, versuchte der Bub zu trösten. Und er berichtete, – nix Großes werde das Christkindl heute bringen, hab' die Mutter g'sagt. Drum sei's doch schon müd g'worden beim Hertragen vom Brüderl, da könn' man doch net no mehr G'schenk von ihm verlangen!

Das Christkindl-Geschenk im Innern des Wagens bestätigte aufs kräftigste sein Vorhandensein, und eben begannen die beiden Großen auch wieder aufzuschreien, denn der Niklas vor ihnen hatte so gewaltig die Nase geschneuzt, daß es wirklich zum Erschrecken war. Da kam eine Frau eilig die Budenstraße herauf und rief schon von weitem: »Net woan'n, Kinder, i komm scho!«

Die Kleinen flogen ihr entgegen, die Frau

aber ließ fast ihren Korb fallen über dem, was vor ihrem Wagen stand.

»Jessas, was is denn dös?« schrie sie auf und umfaßte ganz fest die zu ihr Flüchtenden.

»Der Niklas ist's, Mutter, der Niklas, und wir hab'n auch schon ganz schön aufig'sagt«, beruhigte jetzt der Bub. Aber die Frau blickte nun ihrerseits ganz entsetzt an der Gestalt hinauf und wollte jäh mit den beiden zu ihrem ganz Kleinen in den Wagen, als eine tiefe, aber höchst gutmütige Stimme sagte: »So erschreckt's doch net so, i tu euch doch nix! Die Madame Bavaria hat trotz ihrer Größ'n doch ihr Lebtag no kei'm Hühnerl was zuleid getan!«

Die Kinder hatte die Mutter bereits in den Wagen geschoben, sie selbst atmete jetzt ganz erleichtert auf: »O mei, verzeihen S' doch, daß ich Sie net glei erkannt hab', wo ich Sie doch schon die Tag her so oft auf'm Bild ang'schaut hab', Madame Riesenfrau! Jetzt aber muaß i schnell nach mei'm Kleinsten schau'n, – 's is halt net anders mögli, als daß mer die Kinder manchsmal alleinig lassen muß!«

Der Frau brannte der Boden unter den Füßen, denn das Schreien wurde immer gebieterischer. Frau Nandl hatte nichts mehr da zu tun, und doch zögerte sie eine Sekunde.

»Darf i's anschau'n, das Kloane?« fragte die Baßstimme fast schüchtern, und die Frau nickte freundlich und geschmeichelt: »Natürli, nur können s' net einig, weg'n Platzmangel. Aber warten S', i bring's Ihnen ans Fenster!«

Gleich darauf verstummte das Schreien, und nach ein paar Minuten wurde das Wickelkind durchs Fensterchen gezeigt. Frau Nandl sah gerade in ein Paar Äuglein, die ihr entgegenblinzelten.

»Gelt'n S', herzig ist's?« Die Frau sagte es stolz. Schön war zwar das Pamperl noch nicht gerade, mit seinem pumpfigen Näslein und seinem vom Schreien ganz krebsroten Gesichtchen. Aber das Etwas im Innern der Nandl stieg diesmal so heiß in ihr auf, daß sie sich gar nicht satt sehen konnte.

»Wenn S' nur eini könnten, i tät's Ihnen gern ein bisserl auf den Schoß geben. Muß eh schnell d' Suppen kochen, bis mein Mann heimkimmt, – er hat noch nach einem Verdeanst g'schaut, weil er's Standgeld no net ganz z'sammenbracht hat, und glei nach'm Fest muaß mer's zahl'n!«

Frau Nandl schaute noch immer das Kindlein an, das sich gar nicht fürchtete, sondern sogar den kleinen Mund zu einem Lächeln verzog.

»Da schauen S' her, der kennt si aus, ob wer brav ist oder net!« Und schnell entschlossen sagte die Frau: »Wissen S' was, i wick'l ihn fest ein – Luft ist der ja g'wöhnt. Und wenn's Ihnen Spaß macht, tragen S' ihn ein bisserl herum!« Gleich darauf kam die Mutter das Treppchen herunter und legte ein warm eingewickeltes Päckchen in die Arme der Frau Nandl.

Recht unbeholfen umfaßten es diese – so was Zartes zu halten, waren sie nicht gewohnt. Mit möglichst behutsamen Schritten ging Madame Bavaria auf und ab, wiegte und machte bscht, bscht! und betrachtete dabei immer wieder im Sternenschein das kleine Geschöpfchen.

»D' Nas'n hat's vom Loisl und auch sein G'schau«, murmelte sie vor sich hin. Und das große runde Gesicht – »wie eine Scheiben« – beugte sich über das winzige kleine, wobei das, was heute in dem alten vertrockneten Herzen rumorte, ordentlich unbehaglich überquoll. Drum war's ganz gut, als die Mutter wieder herauskam und ihr, mit vielem Dank, das Kleine abnahm. Auch der Geschirrfrau war's doch nicht recht wohl gewesen, ihr Kind auf solch unheimlich mächtigen Armen zu wissen.

Als kurz darauf der Loisl gekommen war – viel verdient hatte er nicht mehr – und ein winziges Bäumchen mit dünnen Lichtlein angezündet hatte, als die Kinder seelenvergnügt mit angebissenen Lebkuchen in ihrem Bett lagen, da erzählte die Frau von ihrem Besuch, und der Mann sagte: »Boarisch hat s' g'red't? Da ist die Madame Bavaria am End gar die Meschenmoser Nandl, das armeHascherl von d'rhoam, die mir mit ihren harten Handerln amol a Watsch'n geb'n hat, daß i's jetzt noch g'spür?«

»Na, Vaterl, na, der heilige Niklas ist's g'wesen!« sagte schon halb im Schlaf aus seinem Kissen heraus das Büblein.

»Der heilige Niklas!« wiederholte das kleine Mädchen, und die Mutter sagte: »Jo, jo, freili, der wird's wohl g'wesen sein!«

Die Nandl aber stapfte wieder heim. Recht angegriffen hatte sie der Gang, drum legte sie sich gleich nieder, sogar ohne den Korb mit Stritzeln, Hutzelbrot und Pfeffernüssen zu beachten, den ihr der aufmerksame Gatte noch geschickt hatte. Einschlafen konnte sie ja immer sofort. Aber ein paarmal drehte sie sich heute nacht doch unruhig herum, so daß die Kistenbettstatt in allen Fugen krachte. Heimat und Schneeberge, Engerln und Christkind, kleine und große Kinderln – alles kam ihr im Traum durcheinander.

»Nein, wie einem auch so kurioses Zeug vorkommen kann!« war's ihr beim Erwachen. Und müde, wie von einer recht großen Anstrengung, legte sie sich nochmals auf die Seite – Frau Bavaria brauchte halt ihre Ruhe!...

Aber der Niklas war's doch gewesen, denn am Nachmittag vom Fest kam ein Riesenkorb voll Gebackenes für die Kinder und ein ganz kleines Päckchen für den Vater mit etwas Rundem, Goldigem drin. Den Zettel freilich, der dabei lag, verstanden nur die Eltern. Und es war darauf zu lesen:

»Dem Loisl für die damalige Watsch'n, und er soll sein Standgeld damit bezahlen!
             Die Goliath-Nandl.«

Bei der aber, die das geschrieben hatte, war – für den Augenblick wenigstens – das Etwas in ihrem Innern einmal satt geworden.

Röbeli

Der Rigi, unser geliebter Rigi!

Fast zwanzigmal haben wir Freude, Erfrischung und Erholung hoch oben auf seinem Rücken gefunden, und denke ich daran zurück, so umweht's mich wie Gletscherluft, Mattenduft und wie ein Erinnern an lindes Losgelöstsein von allem dem, was in den Niederungen liegt.

Von dieser Schönheit sahen wir bei unserer ersten Anfahrt mit dem Bähnli gar nichts, denn dichter Nebel umgab uns, und als wir so fuhren und fuhren, höher und immer höher, wobei wir nichts, aber auch gar nichts sahen als höchstens einmal eine wie ein Riesengespenst aussehende Tanne, da wurde uns fast schwindlig, und wir hatten das Gefühl, als zögen wir in das All hinaus. Ein Pfiff, ein Ruck, und wir hielten, dann hatten wir in demselben undurchdringlichen Nebel noch eine Strecke weit zu Fuß zu gehen. Zu was wir da oben gelangten, war uns vollständig unersichtlich, nur unendlich behaglich mutete es uns an, als sich eine Tür öffnete zu einer hell beleuchteten Halle, in der ein wohltuendes Kaminfeuer brannte. Endlich wieder etwas Faßbares für die Augen! Durch lesende, arbeitende und uns Fremde neugierig anschauende Hausgäste hindurch wurden wir auf unser Zimmer geführt, Nr. 135.

»Möchte es Ihnen bei uns gefallen!« sagte der Besitzer des Hotels, der uns heraufgeleitet hatte, und mit dem Anhaltspunkt: »Die Table d'hote ist in einer Stunde!« ließ er uns allein. Wir packten aus, gingen zum Essen, schauten uns flüchtig die fremden Menschen an und suchten nachher wieder unser Zimmer auf, wo wir von Zeit zu Zeit etwas trübselig in das öde, graue Einerlei hinausschauten. Wenig ermutigend tönte in uns ein Satz unserer Tischnachbarin, einer englischen Dame, nach, die gesagt hatte: »O, solches Uetter kann uähren eine halbe Uoche lang.«

»Das wird doch nicht!« sagte ich zu meinem Mann und fing schon an, ein klein bißchen zu bereuen, uns auf solche Höhe begeben zu haben. Er las, ich ordnete noch, und dann zog ich eine Arbeit heraus.

Da hörten wir über den Gang hinüber ein liebliches Singen. Es waren Kinderstimmen, die ein Schweizerlied nach dem andern zu Klavierbegleitung anstimmten, und ich öffnete die Tür ein bißchen, um besser lauschen zu können. Noch größer machte ich den Spalt, als eine einzelne Kinderstimme lustig zu jodeln anfing, und auch mein Mann trat herzu und freute sich. Drüben war jetzt Schluß, und nun öffnete sich die Tür, und heraus stürmte zuerst ein Büblein von etwa drei Jahren, dann drei ältere Mädchen und noch ein Junge von ungefähr zehn Jahren.

»O wie nett! Gottlob, Kinder im Hause! Und so nah«, sagte ich, ordentlich erleichtert, und hielt die kleine Bande auf, indem ich sie fragte: »Wart ihr es, die so hübsch gesungen habt?«

Das älteste, etwa zwölfjährige Mädchen

antwortete in hübscher, verbindlicher Weise: »Ja, wir üben für Mutters Geburtstag.«

Ein Fräulein aber, das bei den Kindern war, schnitt eine weitere Unterhaltung ab, indem es sagte: »Kinder, ihr werdet beim Essen erwartet!«

Nur ganz schnell noch konnte ich dem Kleinsten, einem entzückenden, braunäugigen Büblein, über den Lockenkopf streichen und sagen: »Wir sind Nachbarn, besuch' uns doch einmal hier in Nr. 135!«

Da waren sie aber schon alle die Treppe hinuntergehüpft.

Beim Abendbrot erfuhr ich von der englischen Dame und von einigen Schweizern, daß es so schade sei, daß der Doktor St., der Besitzer des Hauses, seine herzigen Kinder so streng von allen Fremden abschließe. Nicht einmal vor dem Haus dürften sie mit den andern spielen, sondern er hätte auf einer Wiese ein Häuschen gebaut, in dem sie mit ihrer Gouvernante und ihren Spielsachen ihre Freistunden zubrächten. Recht leid tat mir dieser Ausspruch, denn ich hatte mich wirklich schon auf den Verkehr mit den hübschen Kindern gefreut.

Am andern Tag – zu dem Nebel hatte sich nun auch noch Regen gesellt – hörten wir vor unserer Tür ein Gewisper von Kinderstimmen, eine kleine, begehrende, und verschiedene ältere, zurechtweisende.

»Aber sie hot doch gsait, i soll chumme!« hörte ich, und: »Du weischt, Röbeli, daß mir die Fremde nüt solle plage!« hieß es abwehrend. Ich öffnete die Tür, und da stand der herzige Kleine, bereit einzutreten, während die älteren Schwestern ihn zurückhalten wollten.

»Gell, du häsch gsait, ich soll chumme?« fragte ein unendlich liebes Stimmchen, und ich konnte nicht widerstehen und bückte mich zu dem Kleinen nieder.

»Freilich möcht' ich's haben, aber wenn ihr nicht dürft?« Ich sah dabei die Schwestern an, und diese wiederum blickten fragend und hilfesuchend einer Dame entgegen, die soeben die kleine Treppe heraufkam.

»Kinder, ihr werdet doch niemand belästigen?« fragte diese in verweisendem Ton, während eines der Mädchen sagte: »Mutter, der Röbeli isch e Frecha!«

»Das ist er gewiß nicht«, sagte ich, während die Frau Doktor, die Mutter der Kinder, mich begrüßte und sagte, die Kinder hätten den strengen Befehl, in ihrem Zimmer zu bleiben.

»Das tut mir schrecklich leid«, sagte ich unwillkürlich. »Es wäre mir eine Wonne gewesen, mich mit dem süßen, kleinen Kerl ein bißchen zu unterhalten. Der wirkt wie Sonnenschein in dem grauen Nebel.«

Das gab den Ausschlag. Die Frau Doktor war auf meinen bittenden Blick hin mit dem Büblein an der Hand eingetreten, und ich bat sie, sich doch einen Augenblick zu uns zu setzen. Wir unterhielten uns prächtig mit der feinen Frau, und auch sie hatte offenbar Vertrauen zu uns gefaßt, denn sie setzte uns auseinander, wie schwierig es sei, ihre Kinder den allerlei Einflüssen, hauptsächlich auch den lobenden der Fremden, fernzuhalten, weshalb sie die Absperrung vielleicht ein bißchen zu weit treibe. Auf diese sehr begreifliche Schilderung hin fühlten wir uns aber ordentlich geschmeichelt, als sie meinte: »Wenn Ihnen jedoch der Röbeli oder die andern den Einstand hier oben in etwas erleichtern können, so machen wir gewiß gerne eine Ausnahme, um so mehr, da ich die Bewohner von 135 immer im voraus um Entschuldigung bitten muß, wenn es gegenüber ein wenig lebhaft zugeht.«

Die Frau Doktor empfahl sich, und der Röbeli nahm sofort gleichsam von uns Besitz, indem er sagte: »Gell, es freut üch, wenn i dablib, i hann auch chli mine Soldate mitbrocht.«

Damit fuhr die kleine, dicke Faust in das Schürzentäschchen und zog ein paar verbogene, aber immerhin sehr bewundernswerte und aufstellbare Bleisoldaten hervor. Der kleine Mann ging sofort ins Feuer.

»Du bisch d' Chanone«, sagte er zu meinem Mann, »i bi dr General, du musch bumbum mache, und ich schtell d' Soldate derno wieder uff, und du«, sagte er zu mir gewandt und besann sich ein bißchen, da ihm keine Rolle mehr einfiel, »du chanst zuluege!«

Eine solche feste Direktive zu bekommen, war in dem nebelhaften Dämmerzustand, in dem wir uns schon geraume Zeit befanden, eine wahre Wohltat. Und so vergingen durch Bumbummachen, Wiederaufstellen und Zuschauen ein paar Stunden, wir wußten nicht, wie.

Es klopfte, und das älteste Töchterlein Gritli, ein hübsches, blondes Mädchen, trat ein.

»Ich soll den Röbeli holen. Fräulein meint, es sei höchste Zeit dazu«, sagte sie in solch schönem Hochdeutsch, wie es Schweizer Kindern nicht oft eigen ist. Als wir sie darauf ansprachen, sagte sie lächelnd: »Untereinander sprechen wir schon tüchtig Schwizerdütsch, aber Vater will, daß wir auch schön sprechen können.«

Der Röbeli wehrte sich im ausgesprochensten Schwizerdütsch auf das energischste: »I will blibe, do g'fallt 's mir!« Und erst mit der Versicherung, daß er gewiß morgen wiederkommen dürfe und dann nur ja die Soldaten wieder mitbringen solle, ließ er sich endlich fortführen.

Am andern Morgen – wir waren, um uns zu erwärmen, rasch in Nebel und Regen um das Haus herumgegangen und freuten uns auf die warme Stube – da klopfte es wieder an unsere Tür, und der Röbeli im frischen, weißen Schürzchen und mit einem freudigen, langgezogenen: »Chrüezi!« kam zur Tür herein. Sofort zog er wieder seine Bleimännlein aus dem Täschli.

»Gell, ihr freuet üch, wenn i chumm?« fragte er zuversichtlich, und dann nahm er sofort wieder seinen Platz bei meinem Mann ein, das heißt, er kletterte ohne weiteres auf seine Knie und machte sich's da bequem, und dann begann's sogleich wieder mit Bumbum, Totschießen und Wiederaufstellen. Von neuem klopfte es, recht energisch, und die Frau Doktor war's, die kam, um erregt den Röbeli wegen seiner »Zudringlichkeit«, wie sie es nannte, zu tadeln und wieder fortzunehmen.

»Der Bub ist uns durchgewitscht«, sagte sie entschuldigend, »wir hätten doch nicht erlaubt, daß er Ihnen schon wieder zur Last fällt.«

»Bin i e Lascht?« fragte der Kleine mit solch süßem Gesichtchen, daß ich nur mit einem Kuß antworten und die Frau Doktor bitten konnte, diesen Begriff ein für allemal fallen lassen zu wollen.

»Aber nicht wahr, Sie versprechen mir, den kleinen Schlingel sofort hinüberzuschicken, wenn er zuviel wird«, sagte sie, und wir versprachen's.

Der Röbeli ist uns aber nie zuviel geworden. Zu jeder Tageszeit bumsten von da an die kleinen Hände oder später, etwas dreister geworden, die derben Fäuste an unsere Tür, und immer lachte uns das Herz im Leibe, wenn wir den entzückenden kleinen Kerl sahen. Immer war er willkommen, obgleich er mitunter auch ein rechter Tyrann sein konnte. Das Soldatenspiel auf dem Tisch genügte bald nicht mehr; er trug es ins Lebende über. Nun war er die Kanone, und wenn diese piff-paff-bum machte, so mußten wir unweigerlich schwer getroffen irgend ein Glied baumeln lassen, das er dann mit seinem Sacktüchlein sorgsam umwickelte, wohl auch eine Stelle mit dem Zünglein beleckte und unter fortgesetztem Heile-Heilesagen das zerschossene Glied weich auf ein Kissen bettete. Am liebsten aber kam er gleich nach Tisch, wenn er meinen Mann auf dem Sofa ausgestreckt liegen fand. Da konnte man so herrlich »ganz tot« spielen, und wenn mein Mann die Augen fest schloß, kannte sein Entzücken keine Grenzen. Ganz zart zupfte er ihn am Bart, versuchte die Augenlider zu öffnen, krabbelte ihm ein bißchen am Hals und freute sich dann furchtbar, wenn die Wirkung seines Schusses eine vollständige schien.

»Ganz tot!« wiederholte er dann, wobei sich aber meistens schon ein klein bißchen Mitleid in den Ton mischte, und nicht lange ertrug sein gutes Herzchen diesen von ihm herbeigeführten Zustand.

»Jetzt wieder ufwache!« hieß es dann regelmäßig, und wenn ein Zupfen am Rock, an den Augenwimpern und an der Nase noch nicht das gewünschte Resultat hatte, so hieß es als letztes: »I mueß ihm e Chusseli gä!«

Da streckte sich dann der kleine Mann und stellte sich auf die Zehen. Der goldige Lockenkopf neigte sich über das Gesicht des »Erschossenen«, zwei feste Zeigefinger und Däumlein faßten seine Wangen, dann folgte ein inniger, fester Kuß. Mit diesem mußte der leblos Daliegende die Augen öffnen und ganz erstaunt und freudig »Guten Morgen« sagen. Dann war's richtig und die Freude groß.

»Läbet Se no?« wurde dann teilnahmsvoll gefragt, und mit der nächsten Frage: »Wönt Se nüt abis z' asse?« steckte er dem Neuerwachten einige auf dem Tisch parat stehende Gutseli in den Mund und sich selbst, genau abgezählt, die gleiche Anzahl.

Daß dieses Spiel unverändert viele dutzend Male wiederholt wurde, ohne seinen Reiz zu verlieren, war für beide Teile wirklich bewundernswert.

Der Röbeli hatte eine alte Kindsjungfer, die Babette, die Schwäbin war und uns deshalb nahe gerückt war. Die Babette hatte dem Röbeli unter anderem streng eingeprägt, daß »e brav's Büble« nie betteln dürfe. Da lagen einst auf unserem Tisch zwei Birnen auf einem Teller, die schauten doch zu verlockend aus. Lange sah der Röbeli sich dieselben an, tippte mit den braunen Fingerlein wie zählend daran herum, und mit einem lauten Seufzer stellte er dann die tief diplomatische Frage: »Hänt ihr immer numme *zwei* Bire?«

Der Ton, in dem er dies sagte, war so furchtbar komisch, daß ich jetzt noch lachen muß, wenn ich daran denke, und ich kann die beruhigende Versicherung geben, daß wir von da an für »drei Bire« besorgt waren.

Ein recht schlechtes Gewissen dem

Röbeli gegenüber habe ich aber heute noch, etwas anderes betreffend. Ehe wir damals abreisten, hatte ich unwillkürlich des öfteren zu dem Büblein gesagt: »O Röbeli, wenn wir dich doch nur mitnehmen könnten!«

»I gang mit üch«, erwiderte dieser bestimmt und so lieb, daß ich und andere nicht umhin konnten, ihn immer wieder zu fragen: »Röbeli, willst du wirklich mitgehen?«, was zur Folge hatte, daß der Kleine von da an bei all seinen Freunden auf dem Rigi frischweg verkündete: »I go uf Schtuegert mit dem Onchele Charl und der Dande Tonny.«

Die Abreise kam, und viele liebe Menschen begleiteten uns an die Bahn, vornweg auch Doktors mit sämtlichen Kindern, natürlich auch mit dem Röbeli. Offen gestanden dachte in diesem Abreisetrubel schändlicherweise niemand mehr an das Ausgemachte. Sein kleines Herz war treuer. Daß er mich fest an der Hand hielt, fiel mir nicht auf. Als er mich aber kurz vor der Abfahrt an den Gepäckraum hinzog, war ich erstaunt, und noch mehr, als er, auf unser Gepäck deutend, ruhig sagte: »Sind das mine Choffere? Hänt er au g'wiß mine Soldate un das Chisseli vom Sofa un di Gutseli ipackt?«

Da wurde mir klar, daß der kleine Mann den Spaß ernst genommen hatte. Wir und die Seinigen suchten die Sache wieder in Spaß umzudrehen, aber da gingen wir schlimm an.

»Ihr hänt doch gsait, ihr wölle mi mitnäh, un i gang mit üch uf Schtuegert. D' Babette goht natürlich au mit«, fügte er in einer plötzlichen Aufwallung hinzu, da diese sich sehr traurig über so schmähliches Verlassen ihres »Bübles« stellte.

Als Vater, Mutter und Geschwister dasselbe Mittel versuchten, blieb er aber fest und sagte: »Mir chömet jo 's nächschte Johr wieder, und jetzt wönnt mer instiege.«

Eingestiegen sind wir, aber ohne den Röbeli, und jetzt noch tut mir das Herz weh, wenn ich an den berechtigten Jammer des Bübleins denke, das sich schmählich verraten glaubte.

»Ihr hänt's doch gsait, aber ihr hänt's doch gsait, daß i mit dürf«, schluchzte und schrie es in allen Tonarten; und noch als der Zug die letzte Wendung machte, sahen wir den Röbeli auf den Armen seiner Babette zappeln und hörten sein lautes Jammern: »Mit furt will i! Uf Schtuegert will i abe, uf Schtuegert!«

Das war der Röbeli.

Sonntag am Fenster
Eine Humoreske

Ich bin ein Beamter! Nicht einer von denen, die das Wort »Geheimer« oder gar »Exzellenz« vor ihren Namen setzen dürfen – nicht einmal ein Rat –, sondern ich stehe noch auf einer der unteren Stufen der Leiter, und um von Zeit zu Zeit einmal ein Stückchen höher hinaufzukommen, was man doch aus vielen Gründen anstreben muß, ringe, schaffe und schinde ich mich redlich das ganze Jahr. (Es ist nicht zu sagen, wie vieler zuckender, duckender und schluckender Bewegungen es bedarf, bis endlich wieder einmal so ein winzig kleines Intervall überwunden ist!)

Eine heiße Arbeitswoche lag hinter mir – es gibt neue Gesetze, wo auch der Niederste krafteinsetzend zum Mithelfen berufen ist –, und da die Hitze in meinem Büro die Luft etwas dumpf macht und ich an Kongestionen leide, so hatte ich mich unbeschreiblich auf den Sonntag gefreut. Meine Alte –

ich heiße sie so, obgleich sie eigentlich noch gar nicht alt ist – hatte ein Programm entworfen. Waldspaziergang in aller Früh – »es wird kein Unrecht sein, wenn wir einmal nicht in die Kirche gehen« – schaltete sie ein, denn sie hält darauf! Also: Gang in der Morgenkühle, Lagern im weichen Moos –, ich kannte das Plätzchen, es war an einem murmelnden Bächlein, unter Tannen und Farnwedeln, so ganz fernab von allen Staubakten und bürgerlichem Gesetzb...! Ach, wie mir dieses Wort über ist! Und dann wollten wir nach H., wo es den prächtigen Roten gibt, und Forellen essen. Einmal im Jahr können wir uns schon so etwas erlauben, da wir keine Kinder haben. Des Nachmittags im Wirtsgarten würde dann die Dragonermusik spielen – meine Frau sieht gerne hübsch gekleidete Damen –, und des Abends zur Heimkehr wollten wir uns einen Fiaker spendieren. Ja, der Tag sollte gründlich ausgekostet werden, und ich schwelgte im Gefühl, dem Anblick des grün verschossenen Bürovorhangs und der schwitzenden Gesichter der Kollegen sowie ihren stereotypen Witzen für vierundzwanzig Stunden entrinnen zu können.

Und nun, wie ging's? Statt allem wachte ich – wohl auch von der infamen Hitze – mit einem Hexenschuß auf, der zum vollen Ausbruch kam, als ich's trotzdem erzwingen und in meinen Sonntagsrock fahren wollte!

»Sternkreuzdonnerwetter!«

»Aber Alter! Um Gottes willen – am Sonntag!« sagte eine erschreckte Stimme.

Ich konnte nicht anders, ich mußte mir Luft machen! Noch ein paar wütende, energische Bewegungen und Drehungen, und das Endresultat war, daß die Hexe sich vollends festsetzte, gerade mitten im Kreuz. Eine halbe Stunde später kauerte ich mit ihr in meinem Lehnstuhl am Fenster, gestützt von Polstern und Sofakissen, und konnte nun meinen Gedanken nachhängen. Ins Bett hätte ich mich nicht gelegt, und wenn ich zugrunde gegangen wäre!

»Zu was ist jetzt eigentlich der Sonntag,

wenn man wieder im Zimmer hocken und schwitzen soll?« fragte ich mich grimmig und zuckte zusammen, denn meine Frau hatte mir eben einen glühend heißen Umschlag unter den Rücken geschoben.

Ein Packträger, gegenüber an der Ecke, der schien auch Trübes zu verarbeiten. Er sah mißvergnügt, fast drohend auf die Scharen Menschen, die in die Kirche zogen, während er sich mit seinem rotgewürfelten Sacktuch das Gesicht wischte. Und als er nachher über die Straße zum Gasthof gepfiffen wurde, warf er die Gepäckstücke eines Reisenden so wenig rücksichtsvoll auf seinen Wagen und rannte mit ihnen, wie absichtlich, mitten unter die geputzten Leute hinein, mit einem Gesichtsausdruck, der meiner eigenen Stimmung entsprach: »Immer am Karren – immer Lasttier!«

Meine Frau mochte mir meinen Unmut angemerkt haben, denn sie kam schüchtern und fragte: »Willst du nicht ein Buch?«

»Laß mich – zum Kuckuck!« sagte ich, nicht gerade sehr höflich, und starrte mit steifem Genick wieder hinaus, denn es blieb mir nichts anderes übrig.

Wir wohnen parterre und übersehen die ganze Straße. Die Glocken läuteten, und die Kirchgänger fingen an, auch mich zu ärgern. Ich gehöre zwar sonst manchmal zu ihnen, aber heute war ich kritisch.

»Was braucht die Apothekerin da drüben in die Predigt zu laufen und ihre vielen Kinder früh morgens der Magd zu überlassen, wo sie dazuhin noch ein krankes Kind zu Hause hat?« Ich sah ein paar ungekämmte Kinderköpfe an den Scheiben, ein paar Fäuste, die sich balgten, und gleich darauf verließ die Magd mit einem Korb das Haus.

Der Rektor und seine Frau, die sich so betont einfach gibt und so glatte Scheitel hat, erschienen mir heute so scheinheilig, die Offiziersfamilie so bewußt! Von dem Schlossermeister weiß ich, daß er trotz seines ehrbaren schwarzen Zylinders gar nicht ehrbar ist, und nur bei ein paar alten Weiblein und einem jungen Backfischchen, das fromm und andächtig sein Konfirmationsgesangbuch in den Händen hielt, glaubte ich an den Ernst der Gesinnung.

Aus der Haustür unter mir trat unser Dienstmädchen heraus, selig und voller Eifer, und begrüßte eine andere, die außen wartete. Schmuck und hübsch sahen die zwei aus, und sie musterten auch sofort ihre Hüte und Blusen.

»Bis heute nacht um eins hab' ich an meinem Sach' genäht«, sagte die Wartende, eine junge Putzmacherin, die manchmal in unser Haus kam, und die unsrige hörte ich im Weitergehen erwidern: »Fast wäre ich nicht fortgekommen, und ich hab' mir doch den weißen Unterrock in aller Herrgottsfrühe gebügelt, – der Herr hat das Reißen..., aber Gott sei Dank, die Frau hat gesagt, ich dürfe doch!« und wichtig liefen sie miteinander in Richtung Bahnhof, denn sie waren aus einem Ort.

»Läßt du denn die Mine trotzdem heute fortgehen?« wendete ich mich ärgerlich an meine Frau, da ich die Unannehmlichkeiten eines »mägdelosen« Tages fürchtete.

»Ich habe es ihr schon so lange versprochen, einmal heim zu dürfen, zu den Eltern, sie hat sie seit Weihnachten nicht mehr gesehen, und es soll dir gewiß nichts abgehen, Männchen, alles ist im Hause, und ich koche selber!« war die halb mutig, halb etwas zaghaft klingende Antwort meiner Alten. Ich überwand mich und sagte nur ergeben: »Na also!«, denn was kann an einem so langen, öden Sonntag nicht alles vorkommen!

Richtig, es läutete schon, – hoffentlich die Post! Ich erwartete Revisionsdruckbogen, mit denen hätte man sich doch die Gedanken vertreiben und für die nächsten Tage Zeit sparen können. Aber gerade heute kam nichts als eine Anpreisung von Kindermehl und ein Offert für Rotwein. Ich zerriß beides in kleine Fetzen, während mir der Briefträger – er kam schon lange ins Haus – mit impertinenter Fröhlichkeit: »Einen recht vergnügten Sonntag!« wünschte.

Natürlich, der Kerl hatte heute frei, – nicht einmal eine Zeitung brachte er einem noch, keinen lumpigen Brief konnte man mehr erwarten, gar nichts, bei dieser verflixten Sonntagshei…!

»Aber Alter, du warst doch sonst so dafür«, mahnte meine Frau vorwurfsvoll und verschwand dann in der Küche, es war auch Zeit dazu!

Jawohl war ich dafür, hatte sogar mehrere Male in Vereinssitzungen und im Wirtshaus darüber zündend gesprochen, und es fielen mir wieder die rührenden Beweisgründe ein, die ich ausgeführt hatte, von: dem erholungsbedürftigen Arbeiter, der bleichen, gekrümmten Näherin, dem überbürdeten Lieferanten, den auch am Sonntag gehetzten Wirtsleuten und den im ewigen Tretrad der Pflicht sich aufreibenden Postbeamten! Hatte ich das wirklich gesagt?

Etwas unbehaglich drehte ich mich in meinem Stuhl zurecht, – »autsch«, wie das wieder hineinfuhr, und mit einem heißen Kopf, beschäftigungslos, mußte ich eben sitzen bleiben – es war zum Verzweifeln!

Da drüben über der Gasse erschienen zwei kleine Mädchen, die ein noch kleineres Brüderchen behutsam an der Hand führten. Heller Stolz leuchtete aus ihren Augen über die gesteiften Rosaröcke und die neuen Schuhchen, die das dicke Bürschchen anhatte. Bei jedem Schritt hieß es: »Wo sind die schönen Schuhe, wo?«

Eine vorübergehende Frau sagte: »Ihr habt euch aber heut einmal fein gemacht!« und die Kinder, die am Werktag nichts weniger als fein aussahen, strahlten, und man sah, die frischen Sonntagskleider gaben ihnen einen ordentlichen Halt.

Sonntagskleider – Sonntagsstimmung – Sonntagserwachen! – Was kam da plötzlich so sonderbar über mich – ein Wehen aus ferner Zeit –, und ich schloß ein bißchen die Augen! Wie war's doch, – keine Schule, ausschlafen dürfen, die Frühstücksbrezel und das wonnige Gefühl, frei zu sein für einen langen, endlosen Tag! Freilich blieb es selten so schön! Der Mittag, das Spiel, die Geschwister, die zu schonenden Kleider…

Ein dreistimmiges Aufschreien von der Straße her unterbrach mich in meinen Erinnerungen! Das Bürschchen war mit den neuen Schuhen in die Gosse gepatscht, und die rosa Schwesterchen sahen entsetzt an den bespritzten Röcken hinunter. Schluchzend zog die kleine Gesellschaft ab, wobei sie immer wieder ängstlich stehen blieben, um sich den Schaden zu besehen, – was wird Mutter sagen?

Alle irdische Freude ist doch recht unvollkommen und währt kurz! meditierte ich und kam fast zum Schluß, es wäre überhaupt besser, sich über nichts zu freuen. Aber da wurde ich von meinem Denken abgelenkt. Um die Ecke kam eine Familie – Herrgott, wieviel Kinder hatten denn die Leute? Eins auf dem Arm, zwei am Rock, zwei schoben ein Wägelchen und zwei saßen drin. Die Mutter trug eine alte, schwarze Mantille und eine verblühte Blume auf dem Hut. Das Kleinste versank fast in einem wunderbaren, vor Steife aufwärts strebenden Spitzenkragen. Die Mädchen hatten neue Strohhüte und der Stammhalter die ersten Höschen. Der Vater – es war unser Briefträger – grüßte mit strahlendem Gesicht herauf, und er sah aus, als wollte er sagen: »Aber nicht wahr – so etwas? Das sieht man auch nicht alle Tage? Endlich ein Sonntag, wo ich's der Welt zeigen darf!«

Ich wendete mich herein, es klingelte wieder. Ängstlich horchte ich, wer käme, denn mein Umschlag sollte erneuert werden, und aus der Küche roch es brenzlig. Ach, die Kommerzienrats von oben! Meine Frau führte sie nebenan in den Salon – sie bedaure so sehr – ihr Mann sei krank –, und Kommerzienrats bedauerten auch, obgleich es ihnen im Grunde recht gleichgültig war, ob ich zugrunde ging oder mich wohl befand. Sie sprachen – ach, über wieviel ödes Zeug kann man doch sprechen –, und meine Alte antwortete höflich verwirrt, denn draußen brodelte und rauchte es, und als sie, nur um etwas zu sagen, fragte: »Was werden Sie denn heute nachmittag beginnen?«, da sprach der Vater von großer Hitze, die Mutter von unfeinem

Menschengewühl, der Sohn von der kleinen Stadt, wo nichts »los« sei, und die Tochter davon, daß das Theater gegenwärtig »zum Sterben« sei, und alle vier waren einig darüber und beleuchteten dies Thema fast eine Stunde lang, daß es nichts Langweiligeres, Geisttötenderes überhaupt gäbe als so einen Sonntagnachmittag – »wo nicht einmal die Läden offen sind!« Als ob deren Geist erst getötet werden müßte!

Das Mittagessen schmeckte wirklich scheußlich! Der Braten war verbrannt, meine Frau unglücklich, erhitzt und todmüde von der ungewohnten Anstrengung, und ich – ich fürchte fast, ich war nicht sehr aufheiternd! Zum Donnerwetter noch einmal, wie hätte ich's auch sein sollen? Die heißen Tücher machten die Schmerzen immer wilder und mich rabiater, und wir versuchten's erst mit Prießnitzumschlägen und dann mit Ameisengeist und schließlich mit Chloroformöl, das meine Frau geschwind in der Apotheke holte, während es zweimal draußen fast die Klingel herunterriß! Und dann, o Elend, kam mein Vetter, Pfarrer vom Land, der sich – obwohl ihm meine Frau flüsternd mitteilte, ich sei leidend und ruhebedürftig – mit Frau und drei halberwachsenen Kindern »nur ein ganz klein bißchen ausruhen wollte«. Und sie baten – trotz ihrer eifrigen Versicherung, »gewiß keinen Hunger zu haben«, nur um ein kleines Schlückchen Bier und einen Bissen Brot, was aber bei den geschlossenen Läden, trotz Hintertürversuchen, die meine Frau verzweifelt anstellte, nicht zu bekommen war. Nachher mußte ich im Nebenzimmer mit anhören, wie sie den Schinken und die Semmeln, die zu unserem Nachtessen bestimmt waren, vergnügt verspeisten und recht freundlich für »ja ganz hinreichend und genügend« erklärten!...

In dem Wirtsgarten schräg gegenüber war es gedrängt voll. Ein Karussell drehte sich nach den Klängen eines Örgeleins, Arbeiter, die die ganze Woche in der Fabrik gewesen waren, ließen ihre Kinder fahren, bis es ihnen übel wurde, und junge, unreife

Bürschchen, mit roten Nelken im Knopfloch und Zigarren im Mund, fuhren auch und vergaßen in diesem Augenblick scheint's ganz, daß die geknechtete Welt der Erlösung durch sie harrte. Der Wirt – ich kannte die Leute, sie mußten sich wacker wehren, denn die Miete war hoch – sah trotz des Gehetzes frischer und freudiger aus als am stillen Werktag, und sein Antlitz verfinsterte sich nur, als es anfing zu tröpfeln und dann zu gießen, denn ein Teil der Einnahme entging ihm dadurch.

Hei, – welch ein Geflüchte nach allen Seiten, welch Rockaufnehmen, Schirmumdrehen, Kindergekreische und Drangebenmüssen des schönsten, mühsam erworbenen Sonntagsstaates! Und doch, merkwürdigerweise, schien den meisten dieser Leute die Sonntagslaune dadurch nicht gestört! Sie lachten und scherzten und halfen sich gegenseitig oder standen geduldig unter, bis das Ärgste vorüber war.

Meine Frau und ich sahen noch lange dem Treiben zu, bis es Abend geworden war, und ich hatte wirklich eine Zeitlang darüber meine Schmerzen vergessen, oder waren sie wohl besser geworden? – Eine kühlere Luft strömte herein. Das alte Großmütterchen über der Straße, oben in den Mansarden, hob auch ihren weißen Kopf und sah durch den Levkojenstock auf ihrem Gesimse in den sich lichtenden Abend. Ich hatte sie den ganzen Mittag über beobachtet, wie sie in einem abgegriffenen Andachtsbuch gelesen hatte und so ruhevoll dasaß, während die junge Tänzerin, deren Kind bei der Alten in Kost war, dieses in der Kammer auf und ab trug, es herzte und vor sich auf dem Tisch am Fenster sitzen hatte und dabei das flickte, wozu sie in der Woche nicht kam! – Sonntagsreiter, Radfahrer, Equipagen kamen vorbei, auch die, in welcher die kommerzienrätliche Familie mit ihren gelangweilten Gesichtern saß, Soldaten mit ihren Bekanntschaften – eng eingehakt – liefen etwas eilig, weil's zum Appell ging! Die Trambahnen leerten und füllten sich zum Überquellen, angeheiterte Familienväter und Mütter mit Kindern, die sich widerstrebend nachziehen ließen, gingen vorüber, auch die Briefträgersfamilie war darunter, der Regen hatte auch sie getroffen. Die schöne Spitzenkrause hing nun abwärts, die ersten Höslein hatten einen bräunlichfeuchten Rand bekommen, und die sichtlich müde Mutter, welcher der Vater das Kleinste abgenommen hatte, trug den Hut mit der verblichenen Blume sorgsam unter dem Mäntelein. Aber trotzdem lag in dem Gruß des Familienvaters, den er uns wieder bot, der Glanz einer vollen Freude, wenn auch einer mühsam errungenen, überstandenen! Mensch gewesen... frei gewesen!

»Mine wird nun bald kommen!« sagte meine Frau mit einem Seufzer der Erleichterung und legte mir noch eine Decke über die Knie. Die Nachtluft, erfrischend und doch nicht kalt, war herrlich! Unten wurden die Laternen angezündet, und im Schatten der Hausecke drückte sich ein Pärchen aneinander. Geflüster, Küssen und wieder

Geflüster wurde hörbar und: »Ach Jotte, wenn es man keenen Sonntag jäbe!« tuschelte es, und dann hörte ich nichts mehr.

Mine war zurückgekommen, zu unsrer Erleichterung zur richtigen Zeit. Sie deckte den Tisch, obgleich es nur weiche Eier und Tee gab – dieser elende Vetter! – Und ihr Mund sprudelte über von dem, wie es zu Hause so »wunderscheene« gewesen sei und wie Vater und Mutter grüßen und »vielmals danken ließen«.

Draußen in den Straßen war es nun viel stiller geworden, aber all dies zuckende, krabbelnde, pulsierende Leben klang wohl in den Häusern noch nach! Sonntags*ruhe* war das keine, – *ideal* war das Getriebe auch nicht! Aber doch war etwas Erfrischendes, Befreiendes, Ausgleichendes vorhanden! Und wenn da und dort auch unter dem friedlichen Nachthimmel ein Schutzmann auftauchte und in der Ferne einige unheimliche Pfiffe, Gejohle und Aufkreischen zu hören waren, so breitete sich das große, ernste, ruhige Himmelsgewölbe doch über alles und über alle, und wer hinaufsehen wollte, dem schienen da droben auch die Sterne.

Ja so, meine Schmerzen! Wahrhaftig, ich hatte sie vergessen können! Die Hexe war scheint's auch ein bißchen eingeduselt, und beim Nachtessen lag neben den einsamen Eiern eine prächtige Wurst, die Mina von »Muttern« als Gruß mitgebracht hatte!

Es war trotz allem kein übler Sonntag gewesen!

Clarisse, die kleine Vicomtesse

Es war wieder einmal auf dem Rigi, als wir zu unserm Leidwesen unser geliebtes und gewohntes Zimmer Nr. 135 diesmal nicht mehr frei fanden. So kamen wir in den sogenannten Neubau. Schön war's auch hier, von wo wir den Blick auf Glärnisch und Tödi und auf meine Lieblingsberge, die Mythen, hatten, und von wo wir bis tief hinunter zum Zuger und Lowerzer See sahen. Die Stube neben uns war noch leer.

Eines Abends mit dem letzten Zug, wo die Kurgäste immer neugierig und erwartungsvoll dastehen, was für Menschen er wohl noch bringen werde, da stieg mit müden, langsamen Schritten eine etwas exotisch aussehende Dame den Zickzackweg zum Hotel herauf.

»Das scheint, nach ihrer Eleganz zu urteilen, eine Pariserin zu sein«, sagten einige Herren. Aber ganz aparte Schleier und Tücher machten uns in diesem Urteil wieder wankend, und eine Frau, die viel gereist war, meinte: »So etwas stammt aus den Tropenländern.« Für diese Vermutung sprach auch ein kleiner Affe, den die Dame wie ein Hündchen auf dem Arm trug. Nur der Kopf mit den blitzenden Äuglein war sichtbar, alles andere war in ein buntseidenes Tuch gehüllt.

Was mich aber noch mehr interessierte, war ein junges, etwa zwölfjähriges Mädchen, das zu der Dame gehörte, und dessen graziöse, liebliche Art mir sofort auffiel. Zu meiner Freude wurden die beiden unsere Zimmernachbarn, – Kinder in der Nähe zu haben, ist so was Schönes.

Wenn ich aber glaubte, durch ein paar freundliche Worte die Bekanntschaft dieses jungen Mädchens machen zu können, so täuschte ich mich diesmal. Clarisse, wie sie genannt wurde, erwiderte meine Grüße sehr verbindlich, aber wenn ich beim Begegnen im Gang unwillkürlich einen kleinen Satz anreihen wollte, so blickte sie mich mit ihren dunkelgrauen, schwarzbewimperten

Augen scheu und fast ein bißchen wehmütig an, als wollte sie sagen: »Ich möchte gern, aber ich kann nicht!« und mit einer raschen Verbeugung ging sie vorüber.

Um so mehr steigerte sich mein Interesse, als ich nach und nach in das Leben dieses Kindes Einblick erhielt.

Berghotels sind leicht gebaut. Wir hörten unwillkürlich, was im Nebenzimmer gesprochen wurde. Des Morgens früh waren wir meist Zeugen der Begrüßung zwischen Mutter und Kind. Eine liebe Mädchenstimme sagte etwas förmlich, aber doch herzlich: »Bonjour, ma chère maman!«, worauf gewöhnlich in sehr gleichgültigem Ton geantwortet wurde: »Bonjour, Clarisse!«

Dann aber kam eine wortreiche und überaus zärtliche Morgenbegrüßung, die an den Affen gerichtet war: »O mon Bijou, – bonjour, mon Bijou! Comment as-tu dormi?«

Dann hörte man wieder ein schüchternes: »As-tu bien dormi, maman?« und ein kurzes: »Oui, toi aussi?« – aber ohne eine

Antwort abzuwarten, ging es in den zärtlichsten Tönen wieder weiter: »Darling, darling, … mon petit trésor, … meine kleine Schatz, … que tu es mignon!« und wir hörten dazwischen das Geschnatter des kleinen Viehs und immer wieder die schwachen Versuche von Clarisse, sich auch ein bißchen zur Geltung zu bringen.

Es überwältigte uns ordentlich, daß es hier eine Mutter geben sollte, die ein Tier lieber hatte als ihr Kind, und ich geriet innerlich in einen wahren Zorn darüber. Was wären wir glücklich gewesen, solch ein Töchterchen zu haben wie die Kleine da drüben, deren Mutter uns gar nicht wert schien, einen solchen Schatz zu besitzen! Und so wie wir dachten im Laufe der Zeit noch viele.

Die Dame brachte ihren Bijou, der sie überallhin begleitete, sogar zur Table d'hôte, wo er aus einem wattierten Körbchen heraus von einem mitgebrachten silbernen Tellerchen speisen durfte. Aber das ungezogene Tier griff wohl auch manchmal rechts und links auf die Teller der Nachbarn oder mitten in die Platte hinein, die serviert wurde, und so reizend der Schlingel in Wirklichkeit war, so hatten die meisten Menschen keine Freude daran. Sie baten den Besitzer des Hotels, das Mitbringen des Tieres zur Tafel nicht mehr zu gestatten. Da gab's aber eine böse Szene bei der Vicomtesse, welchen Titel die Dame hatte, und da sie gegen die allgemeine Ansicht nichts machen konnte, speiste sie von da an auf ihrem Zimmer, was besser war.

Die Gräfin liebte es, mit ihrem Liebling spazieren zu gehen. Clarisse blieb dann zu Hause, war stundenlang allein, schrieb, las oder machte kleine Stickereien. Die Kinder auf dem Berg hätten sich ihr gern genähert, aber sie hatte etwas Scheues, und es schien, als hätte sie nicht die Erlaubnis, mit andern zu spielen. Mich zog es mächtig zu dem Mädchen hin, aber aufdrängen wollte ich mich auch nicht.

Da begab es sich ganz zufällig, daß ich mit der Mutter näher bekannt wurde. Als ich eines Tages vom Spaziergang zurückkehrte, ging die Dame vor mir die Treppe hinauf, wie immer Bijou auf dem Arm. Was diesen bewog, in der Nähe seines Zimmers plötzlich hochzuspringen, um selber durch die halbgeöffnete Tür hineinzulaufen, weiß ich nicht. Ich war nur Zeuge, wie durch einen jähen Windstoß die Türe zuschlug, das kleine Geschöpf wurde mit der einen Pfote eingeklemmt und schrie jämmerlich. Die Vicomtesse war außer sich, und sinnlos, mit tausend Liebesworten, drückte sie das immer ärger schreiende Tier an sich, so daß ich mich nicht enthalten konnte, zu sagen: »Ich glaube, ein kalter Umschlag wäre jetzt gut.« Mein Mitleiden mit dem Tier überwog die Antipathie gegen die Frau.

Darauf gab ein Wort das andere. Die Dame hatte keine Leinwand, ich holte welche, und da sie nicht wußte, wie man so etwas machte, legte ich dem Tier, das mit der andern Pfote recht undankbar nach mir schlug und kratzte, einen Verband an. Darauf wurde es ruhiger, und von seinem Atlasbettchen aus blinzelten mich die schwarzen

Äuglein fast wohlwollend an. Nun überschüttete mich die Dame mit »mille remerciements, – tausend Dank!« und ich benutzte diesen Augenblick, ihr zu sagen, wie überaus sympathisch mir ihre herzige Tochter sei.

»Clarisse?« fragte sie fast verwundert, und in ihrem gewandten Pariser Französisch klagte sie mir, wie wenig vorteilhaft die Kleine leider sei. Schöne Augen habe sie wohl, das sei ja wahr, aber sonst habe sie ganz die Züge ihres Vaters. (Warum das nicht recht sein sollte, konnte ich nicht verstehen.) Und dann habe sie auch so geringe Gewandtheit in der Konversation und überhaupt in ihrem ganzen Wesen. »Sie weiß so wenig zu erzählen, ist oft so träumerisch wie eine Deutsche, – pardon! – und ich mit meinen Nerven müßte doch jemanden haben, der mich erfrischt und aufheitert!«

Was ließ sich da erwidern? Immerhin schien mir, als ob auch Clarisse vielleicht ein bißchen anders sein könnte, die Mutter schien wirklich leidend. Ich sagte, daß Mädchen in diesem Alter ja oft so seien, und dann benutzte ich die Gelegenheit zu fragen, ob ihre Tochter mich wohl besuchen dürfe, da wir nun doch einmal Nachbarn seien. Mit einem raschen, forschenden Blick streifte mich die Dame, dann sagte sie: »Si vous voulez, – wenn Sie sich die Last auflegen wollen mit dem Mädchen, so werde ich Ihnen Clarisse schicken!«

Dann bedankte sie sich noch sehr höflich für die geleistete Hilfe, und ich ging in mein Zimmer.

Eine Stunde später klopfte es an meine Tür, und Clarisse trat ein. Ein tiefes Rot, es war wohl Verlegenheit, überflog ihr schmales Gesichtchen, und dann machte sie eine regelrechte Verbeugung: »Madame a permis!«

Ich begrüßte sie herzlich.

»Da wir uns nun schon so oft aus der Ferne gesehen haben, müssen wir uns doch auch einmal kennen lernen, nicht wahr?«

»Madame est très bonne!«

Ob sie gerne hier oben sei, fragte ich.

»O oui!« – Die dunklen Augen leuchteten dabei.

Ob sie Geschwister habe?

»Non!« Der Strahl in den Augen erlosch wieder.

Ich mußte nun im stillen beinahe der Mutter recht geben, daß ein Zusammensein mit Clarisse nicht recht unterhaltend sei. Auch sah sie in ihrem weiß und blau gestreiften, schon oft gewaschenen Anzug, den sie beständig trug, wirklich sehr schlicht und einfach aus. Drüben quiekte der Affe wieder, und ein tiefes, warmes Mitleid quoll in mir auf.

»Fühlst du dich nicht manchmal ein bißchen einsam, Clarisse? Warum gesellst du dich nicht zu den anderen Kindern und spielst mit ihnen?«

»O ja«, war mit einem tiefen Seufzer die Antwort auf meine erste Frage, und die zweite erledigte sie mit einem kurzen: »Maman wünscht es nicht.«

Warum, wollte ich fragen, aber ich sprach nun von dem, was sie wohl lese und arbeite, und ob ihr das Freude mache.

Da leuchteten die Augen wieder. »O ja, ich lese furchtbar gern und habe nur immer zu wenig Bücher. Der gute Pater Jérôme, Mamans Beichtvater, gab mir Legenden- und Geschichtenbücher, aber die kenne ich nun schon lange auswendig, und das, was Maman liest, ist wohl manchmal recht unterhaltend, aber ich verstehe nicht alles.«

Gottlob! dachte ich in der Stille. Nun war Clarisse ganz nett lebhaft geworden, und es fiel mir nicht schwer, meine Fragen so zu lenken, daß ich nach und nach einiges aus dem Leben des jungen Mädchens erfuhr. Papa sei General in Algier, sie lebe gewöhnlich mit Maman in Paris, aber einigemal seien sie auch schon zum Vater gereist, und der sei gut mit ihr. Er habe ihr damals ein kleines Pony gegeben und habe sie kutschieren lassen, auch habe er ihr wunderschöne Kleider gekauft, aber Maman finde, es sei unnötig, diese auf der Reise mitzuschleppen.

Wieder fragte ich, ob sie sehr gern in Paris lebe, und ob sie da in eine Schule gehe.

Da flammte das Gesicht von Clarisse auf, und sie sagte ordentlich leidenschaftlich: »O nein, Madame, Paris hasse ich.«

»Warum denn?«

Forschend sah sie mich einen Augenblick an, dann sagte sie: »Ich wäre so viel, viel lieber in Algier, und Papa wäre es auch so recht, aber...« Clarisse hielt plötzlich inne, als habe sie zu viel gesagt.

Ich half ihr, indem ich wieder von Paris anfing, das doch auch wunderschön sein müsse.

»O ja, sehr schön ist es, aber...«, sie zögerte wieder einen Augenblick, »von meiner Maman habe ich dort noch weniger als sonst! Dort sind jeden Tag Bälle und Gesellschaften und Theater und Partien, und wenn ich allein bin oder nur mit Mademoiselle Ninon, die unsern Haushalt führt, so langweile ich mich so schrecklich.«

Ich wiederholte meine Frage wegen der Schule.

»O, bisher habe ich einen Lehrer gehabt, aber ich kam nicht weit, weil wir immer wieder verreisen. Aber im Herbst, sagt Maman, wenn wir zurückkommen, will sie mich in ein Kloster tun, und das ist mir so schrecklich; ich mag gar nicht daran denken.«

Ordentlich bekümmert sah das Gesichtchen drein. Ich nahm die kleine, schmale Hand in die meinige; inniges Mitleid mit dem Kind erfüllte mein Herz, und ich sagte: »Gib acht, Clarisse, du wirst dich in der Klosterschule bei den vielen andern jungen Mädchen, die da sind, und den freundlichen Schwestern, wo du so viel lernen kannst, gewiß sehr glücklich fühlen.«

Clarisse schüttelte den Kopf und sagte leise: »Nein, denn Maman ist nicht dort.«

Wie rührte mich diese Kindesliebe! Im selben Augenblick wurde aber vom Balkon aus, der an den unsrigen grenzte, Clarissens Name gerufen, und die Mutter erschien unter der Türe. Höflich, aber sehr bestimmt sagte sie: »Schicken Sie Clarisse jetzt wieder herüber; sie ist Ihnen lange genug zur Last gefallen.«

Versichernd, daß dies nie der Fall sein

werde, wenn das liebe Kind zu mir kommen wolle, verabschiedete ich es für diesmal.

Von da an sah ich Clarisse öfter, sei es, daß ich sie an ihrem Lieblingsplatz unten in dem Pavillon, der den Blick ins Arthertal hat, traf, oder daß sie mich besuchte. Gar zu häufig gestattete die Vicomtesse dies aber nicht; sie mochte entschieden nicht gern haben, wenn ihr Kind viel mit andern verkehrte, und als sie einmal zufällig hörte, wie Clarisse mir von ihrem Leben in Paris erzählte, sagte sie in sehr strengem Ton: »Langweile Madame nicht!« Ach nein, wie hätte mich dies liebliche Geschöpf mit seiner halb scheuen, halb zutraulichen Art je langweilen können. Aber ich begann auch die Mutter wenigstens in dem Punkt zu verstehen, daß es sie nicht freute, wenn man von ihren Verhältnissen erfuhr; denn daß die Ehe keine glückliche war, erkannte ich bald. Wer die Schuld daran trug, ging Fremde nichts an. Mir bewegte nur das Kind das Herz, – das Kind, das keinen festen Boden unter den Füßen hatte.

Einmal, da war Clarisse froh – ein Kind unter Kindern. Wir hatten uns die Freude gemacht, an einem Regentag sämtliche kleine Rigigäste auf unsere Stube zu einer Schokolade einzuladen, und wir machten allerlei Spiele mit ihnen. Da taute die scheue Art des jungen Mädchens auf, und wir hatten unsere helle Freude an ihr, wie frisch und prompt die Antworten bei den Fragespielen fielen, wie herzig sie beim Charadespiel die betreffende Rolle wiederzugeben wußte. Ich konnte nicht umhin, meine Arme um sie zu legen und zu sagen: »Clarisse, wart du nur, in der Klosterschule, unter andern, wird's schön werden!«
Ein unendlich lieber, sinnender Blick war die Antwort. Aber gleich am Tag darauf traf ich sie wieder allein unten im Pavillon, offenbar tief traurig, die Augen voll Tränen. Um uns her war die ganze herrliche Alpenwelt im schönsten Sonnenschein ausgebreitet. Ich mußte unwillkürlich fragen: »Kind, warum weinen, wo die Welt doch so wunderbar schön ist?«

Ich stand neben ihr und legte die Hand auf ihre Schulter. Da faßte sie mit ihren beiden Händen die meinigen, drückte ihr Gesicht auf diese und schluchzte tief von innen heraus: »Ich habe meine Maman so unsagbar lieb, aber – – –«

Ich konnte mir in diesem Augenblick einen solchen Ausbruch gar nicht erklären, aber da sah ich drüben auf einer Bank eine Gruppe, Mutter und Vater mit ihren Kindern. Es war eine Schweizer Familie, die da einträchtig und friedlich beisammen saß. Das Kleinste hatte die Mutter auf dem Schoß, der Vater las vor, ein Mädelchen saß am Boden und band gepflückte Blümlein zusammen, die Größte, ein Mädchen im Alter von Clarisse, lehnte den Kopf an die Mutter, und diese zeigte ihr wohl, wie sie weitermachen sollte an einer Arbeit, die das Mädchen in den Händen hielt. Eigentlich war das Ganze absolut nichts Besonderes, aber auf Clarisse schien dieser Anblick überwältigend gewirkt zu haben. Und da das Eis nun einmal gebrochen war, schluchzte sie weiter: »Ich wollte, daß es bei uns auch so wäre – ja, das wollte ich!«

Der Ton in der Stimme des Mädchens erschütterte mich ordentlich, und wie wenig ließ sich da sagen!

»Das ist eben nicht überall gleich, Clarisse, und wir müssen uns nun einmal in das zu finden versuchen, wie es ist. Habe du nur deine Maman so recht von Herzen lieb, und zeig ihr das auch. Du wirst sehen, daß es dann noch einmal so schön für dich werden kann.«

Die Vicomtesse, Clarisse und der Affe reisten bald darauf ab. Ich hätte gern ein Bild von dem Kind gehabt, doch es gab keines. Aber die Dame bedankte sich in überraschend herzlicher Weise für die Freundlichkeit, die wir für »la petite« gehabt hätten. Clarisse hatte mir noch auf meinen Tisch einen Strauß Alpenblumen gelegt mit einem kleinen Zettelchen, auf dem mit Bleistift geschrieben stand: »J'y penserai. – Au revoir!«

Was das Kind sich dabei gedacht hatte, war mir nicht recht klar.

Das nächste und übernächste Jahr kam keine Vicomtesse, obwohl sie es beim Gehen so halb versprochen hatte, und von ihr und Clarisse hörten wir nichts mehr. Oft und oft aber sprachen wir davon, wie es dem lieben Mädchen wohl gehe, und ich hegte den warmen Wunsch, daß das Wort »Au revoir« sich einmal erfüllen möge.

Im Winter darauf erhielt ich einen Brief von unserer Frau Doktor oben, die mir schrieb:

»...Als Sie im Herbst abgereist und wir nur noch wenige auf der Scheidegg waren, wen brachte uns eines Tages das Zügli? Die Vicomtesse, deren Sie sich doch auch noch gut erinnern werden, aber diesmal allein, ohne Clarisse und auch ohne Äfflein. Wir hätten sie aber kaum wiedererkannt, so leidend sah sie aus, und so erstaunlich wenig hielt sie diesmal auf ihre Toilette. ›Ich kann nicht viel sprechen, muß meinen Hals schonen‹, sagte sie uns gleich in der ersten Stunde, und entsprechend wenig erfuhren wir von ihr. Wir mochten sie natürlich nicht zum Reden drängen. Nur über Clarisse wollte ich zu gerne Auskunft erhalten. Die Kleine sei noch im Kloster, sagte sie, und lerne fleißig. In den Ferien sei sie mit ihr am Meer gewesen, und sie müsse sagen, sie habe reizende égards, – Rücksichten für sie, auch sei ihr Äußeres entschieden ›plus favorable‹ gegen früher. Im Herbst werde sie für ganz nach Haus kommen. Ob sie sie aber in die Welt werde einführen können, hänge von diesem dummen, sie an allem hindernden Hals ab. – Unserm Kurarzt, den sie konsultierte, und der ihr riet, den Winter in Algier zu verbringen, sagte sie in sehr heftigem Ton: ›Nein, dorthin gewiß nicht!‹

Hier herauf sei sie gekommen, um noch die Herbstsonne ein bißchen zu genießen und die stärkende Luft. – Aber obgleich wir das herrlichste Wetter hatten, blieb die Dame nicht lange. Nach ein paar Tagen reiste sie wieder ab, es schien uns, als wäre eine große innere Unruhe in ihr. Von einer französischen Dame, die die Verhältnisse der

Vicomtesse kennt, hörten wir dann, daß diese ihren Gatten noch liebe, obgleich dieser nicht sei, wie er sein solle. Ich schreibe Ihnen das alles, weil ich weiß, wie sehr Sie sich für Clarisse und ihre Verhältnisse interessieren.«

Ja, dieser Bericht interessierte mich sehr. Aber ich hätte so gern noch viel mehr gewußt, um so mehr, da ich kurz darauf zu Neujahr ein eingeschriebenes Paketchen erhielt, in dem sich ein Buchzeichen befand, auf dem in feiner Klosterarbeit wieder die Worte gestickt waren: »J'y pense!« Der Poststempel war von Paris, und ich zweifelte nicht daran, daß diese Sendung von Clarisse kam.

Was das Kind nur immer mit diesen Worten meinte?

Und nun kam wieder ein Sommer, in dem wir bergauf fuhren und uns, abgesehen von der herrlichen Luft und der Ruhe, ebenso auf das Wiedersehen der lieben, alten Freunde dort freuten. Und eine ganz besondere Freude sollte mir in dieser Hinsicht zuteil werden. Gleich beim Ankommen fielen mir zwei fein aussehende, in Schwarz gekleidete Damen, die etwas abseits standen, auf. Und als ich in meinem Zimmer war und nach erledigtem Auspakken zum Fenster hinaussah und mit Glück im Herzen wieder die herrliche Aussicht in mich aufnahm, da sah ich wieder die zwei Damen, die, eng aneinander gedrängt, langsam auf der Terrasse auf und ab wandelten. Die Jüngere hob den Kopf, und da schien mir, als ob sie mich grüßte. Es lag so etwas Feines, Liebliches in dieser Kopfbewegung – wo hatte ich das nur schon gesehen? Da plötzlich durchfuhr mich's: Clarisse – ja ist es denn möglich, kann das Clarisse sein? Und noch mehr, kann diese schlichte, einfach gekleidete Dame die einst so auffallend aussehende Vicomtesse sein?

Aber sie waren's! Gleich darauf klopfte es an unserer Tür, und das wohlbekannte Gesichtchen, jetzt mit aufgesteckten Flechten umrahmt statt der damals kurzen, lockigen Haare, schaute herein, und ein inniges

»Est-ce que j'ose?... Darf ich?« war zu hören.

Wir hatten eine große Freude aneinander, und ich konnte mich nicht genug wundern, wie vorteilhaft Clarisse sich verändert hatte, besonders in der Art ihres Wesens. Das hatte so etwas Weiches, Mädchenhaftes und doch Bestimmtes bekommen. Ich fragte zuerst nach ihrer Mutter und war erfreut zu hören, daß sich deren gesundheitlicher Zustand wieder gebessert habe. Ob Clarisse nun für ganz zu Hause sei, fragte ich nun weiter, und die Antwort lautete so vergnügt: »Ja, gottlob, jetzt für ganz!«, daß mir ordentlich leicht ums Herz wurde.

Für heute blieb's nur bei diesem kurzen Sprechen, denn wir mußten zu Tisch. Als ich aber am andern Morgen Clarisse zufällig an ihrem einstigen Lieblingsplätzchen traf und wir uns dort von unserem seitherigen Leben erzählten und ich sie fragte, was die tiefe Trauer bedeute, da sagte sie: »Mein Vater ist gestorben. Wir waren noch bei ihm, kurz vorher, – er hat es gewünscht, und wir konnten ihn noch ein bißchen pflegen. Seither ist Maman viel ruhiger. Und noch etwas muß ich Ihnen erzählen. Ich habe manchmal daran gedacht, was Sie mir damals gesagt haben: Liebe soll man auch zeigen! Ich hab's versucht, wenn ich in den Ferien daheim war. Die Klosterschwestern sprachen auch ganz ähnlich wie Sie, und Sie alle haben doch nicht einmal wissen können, wie furchtbar groß meine Liebe zu Maman war. Vielleicht wäre ich aber doch immer so zurückhaltend geblieben. Doch als Maman anfing leidend zu werden, und als das mit Papa kam, da konnte ich endlich herauslassen, was in meinem Innern war, und ich glaube, Maman tut es wohl!«... Wie schlicht das klang!

»Leidend ist sie ja leider immer noch ein bißchen, und sie vermißt wohl sehr, was sie vorher gehabt hat, denn sie soll ganz stille leben. Aber ich gebe mir alle Mühe, sie zu trösten, auch darüber, daß sie mich nach der Trauer nicht in die Welt führen kann, wonach ich auch gar kein Verlangen habe.

Das Leben ist ja auch so wunderschön!« Clarisse streckte, wie allumfassend, die Arme aus. »Bijou ist vor einem Jahr an verdorbenem Magen gestorben, und kein neues Äfflein ist an seine Stelle getreten.« Dies wurde in neckisch scherzendem Ton gesagt, woraus ich merkte, daß keinerlei Bitterkeit von einst zurückgeblieben war.

Da rief eine Stimme von unten her: »Clarisse, wo steckst du denn, wo bleibst du denn so lange? Ich suchte dich schon überall«, und das junge Mädchen flog mit einem glückseligen Ausdruck davon. Die Maman verlangte nun nach ihr ... die Maman brauchte sie jetzt.

Quellen

Nanetta, aus: Ein verlorenes Kind und andere Geschichten, Stuttgart 1922.
Der weiße Schrank, aus: Erinnerungen. Was mir meine Möbel erzählen, Stuttgart o. J.
Madame Bavarias Christabend, aus: Otto Güntter (Hg.), Hausbuch schwäbischer Erzähler, Stuttgart und Marbach 1911.
Röbeli, aus: Rigikinder und andere Geschichten, Stuttgart 1916.
Sonntag am Fenster, aus: Überleg's! Plaudereien von Tony Schumacher, Stuttgart und Leipzig 1903.
Clarisse, die kleine Vicomtesse, aus: Rigikinder und andere Geschichten, Stuttgart 1916.

Es war nicht in jedem Fall möglich, die derzeitigen Rechtsinhaber zu ermitteln. Entsprechende Hinweise werden vom Verlag dankend entgegengenommen.

Die Autorin

Tony Schumacher wurde am 17. Mai 1848 als Antonie Christiane Marie Sophie von Baur-Breitenfeld in Ludwigsburg geboren, wo ihr Vater, General Fidel von Baur-Breitenfeld, Gouverneur war. Tonys Mutter, Lina von Kerner, war die Nichte des bekannten schwäbischen Schriftstellers Justinus Kerner.

Als Kind aus aristokratischem Elternhaus erhielt sie die Ausbildung einer »höheren Tochter«. 1875 heiratete sie den geheimen Hofrat Karl Friedrich Schumacher. Die Ehe blieb kinderlos. So lud Tony Schumacher Kinder ein, veranstaltete Kinderfeste und verhalf manchem mittellosen, begabten Kind zu Ausbildung und Studium. Sie veröffentlichte zahlreiche unterhaltsame und belehrende Kinderbücher, die großen Anklang fanden und eine ganze Generation prägten.

Sie starb am 10. Juli 1931 im Alter von 83 Jahren.